LES JEUDIS DE CHARLES ET DE LULA

Marie Cardinal est née le 9 mars 1929 à Alger. Père industriel. Etudes secondaires et supérieures, moitié à Alger, moitié à Paris. Baccalauréat de philo à Paris en 1945. Licence de philosophie à Paris en 1948. Diplôme d'Etudes Supérieures de philosophie sur « Philon d'Alexandrie ». Prépare l'agrégation, mais se marie en 1953. Trois enfants. Professeur de philosophie à Salonique, Lisbonne, Vienne et Montréal de 1953 à 1960. Puis arrête la carrière professorale. Journaliste freelance, donne régulièrement des articles dans différents hebdomadaires tels que L'Express, Elle, *etc. Marie Cardinal est l'auteur de nombreux romans qui, tous, ont obtenu un très grand succès (citons, notamment,* La Clé sur la porte, Les Mots pour le dire, Les Grands Désordres, Comme si de rien n'était*) et d'un essai-théâtre,* La Médée d'Euripide *(Grasset, 1987).*

Au fond, Charles et Lula avaient encore beaucoup de choses à se dire. Il fallait revisiter le passé et ses opacités; il fallait, sans trop y croire, donner un peu de sens à ce torrent de vie qui, depuis trente ans, les avait rapprochés, séparés, rapprochés... Alors, ils ont choisi de se retrouver, chaque jeudi, ici ou là, pour parler, et parler encore. De l'amour. Du lendemain. De l'infidélité. Du mystère des truffes. Du sexe. De l'Histoire. Du théâtre. De l'Algérie. Des nomades. De l'existence-qui-précède-l'essence. De la liberté.
Et si tous ces mots partagés n'étaient que le prétexte d'une passion qui peut se raviver ?
Emotion, tendresse, violence.
Ce sera, pendant sept jeudis, une étrange conversation.

Paru dans Le Livre de Poche

LA CLÉ SUR LA PORTE
LES MOTS POUR LE DIRE
UNE VIE POUR DEUX
CET ÉTÉ-LÀ
AU PAYS DE MES RACINES
LES GRANDS DÉSORDRES
COMME SI DE RIEN N'ÉTAIT

MARIE CARDINAL

Les jeudis de Charles et de Lula

ROMAN

GRASSET

Premier jeudi

Lula retourne la terre dans un coin du potager. Elle va y planter des tomates.

Elle entend un moteur. Elle se redresse. Mais, de là où elle est, elle ne voit rien : les bambous lui cachent l'entrée du chemin. Elle se dit que cette fois-ci, c'est fini, elle va demander au voisin d'éclaircir ce buisson ; les rhizomes des bambous sont de véritables verrous, elle n'a pas la force de les arracher seule.

Lula croit discerner la silhouette d'un homme au volant. Elle a juste le temps d'apercevoir, à l'arrière de l'auto, une plaque d'immatriculation inconnue. Un étranger sûrement. Pourtant le conducteur a l'air de s'y connaître : il va à vive allure et, même, il évite la racine du marronnier qui surgit de la terre en plein tournant et fait faire des embardées aux nouveaux venus.

La voiture s'arrête devant la maison, plus bas. Une portière claque. Lula décide qu'elle n'ira pas voir.

Elle n'a pas envie de parler.

Elle est plongée dans une torpeur où elle se plaît. Elle flotte dans le magma rassurant des devinettes et des clefs de son passé, un bain d'images et de pensées qui se confond avec ce qu'elle est en train de faire, avec la souplesse de la terre, avec l'ombre qui indique presque midi, avec les bruits des insectes bourdonnants. Elle est dans ce berceau, dans cet œuf, elle n'a pas le désir d'en sortir.

L'étranger verra qu'il n'y a personne et il s'en ira. Tout

de même elle est distraite, elle écoute, elle trouve que l'homme met longtemps à repartir.

Et puis elle entend qu'on l'appelle : « Lula ! »

La voix la cogne de plein fouet, la mobilise. Lula est touchée. La voix est cassée, sourde, rauque, et pourtant elle est légère et douce. Lula aime cette voix depuis toujours.

Encore :

— Lula !

Elle se redresse et respire fort avant de répondre :

— Je suis là.

— Où là ?

— Dans le potager.

Elle entend des pas qui approchent, qui vont passer la haute haie de buis, qui s'arrêtent.

La voix :

— Comme c'est beau ! J'avais oublié que tes arbres étaient si grands.

Elle sait qui est là, c'est Charles, son amant, son enfant, son ami, son frère, quelqu'un de qui elle est indissociable, son ennemi aussi.

Déjà, son dispositif de défense se met en place et pourtant la joie frétille en elle… Lula ne laissera pas paraître l'essentiel de son plaisir, elle n'en montrera que la superficie : des rires, des baisers légers, des mots aimables, une moquerie tendre, pas plus.

Elle se méfie de Charles, c'est comme ça.

Voilà, elle le voit.

Charles rit en la découvrant.

Lula l'attendrit, c'est évident. Il la contemple. Elle a des espadrilles informes, un vieux blue-jean, un t-shirt noir, devenu grisâtre à force d'être lavé, sur lequel on peut encore déchiffrer une inscription violette : « Femme remarquable », elle est coiffée d'un chapeau de paille dont les bords s'effilochent. Il va pour dire : « Tu es toujours aussi élégante, ma Lula » et puis il se souvient d'une expression québécoise qui la faisait rire :

— Tu es accoutrée comme la chienne à Jacques, ma Lula.

Elle ne cherche pas à améliorer ou à modifier sa tenue, elle sait qu'il l'aime comme ça. Simplement elle essuie ses mains pleines de terre sur son pantalon. Elle fait une grimace :

— Et toi, tu es toujours aussi fringant.

Il est sensible au compliment ; il se veut fringant. Il sait qu'elle a remarqué son pantalon de flanelle rouge et sa chemise noire, il fait un saut de cabri sur place en guise de remerciement et de salut.

— Qu'est-ce que tu fais pousser ?

— Des salades et des radis, bientôt des tomates.

Il est ému, elle aussi.

Elle attend, elle se méfie.

Charles sait-il jusqu'à quel point Lula se méfie de lui ? Il le sait un peu, mais pas complètement.

Il dit :

— J'ai faim. Viens, je t'emmène dans un bistro.

— Oh non, je ne veux pas sortir. On peut déjeuner ici.

— On mangera tes tomates.

— Elles ne sont même pas plantées. Il n'y a pas grand-chose dans le jardin, tu le vois bien.

Non, il n'avait pas remarqué. Pourtant il aime les plantes, mais pas tellement les potagers, il préfère les arbres et les fleurs. Les arbres surtout ; il y a une dizaine d'années il avait passé tout un printemps ici à tailler les tilleuls et le platane, à débarrasser les chênes du lierre qui les envahissait.

— Finis ce que tu étais en train de faire, moi je vais jeter un coup d'œil. Ça fait au moins deux ans que je ne suis pas venu.

— Je serais incapable de continuer.

— Je te dérange.

— Pas du tout. Mais je suis curieuse. Le jardin je le vois tous les jours…

— Tandis que moi…

— Tandis que toi… exactement. On ne s'est pas vus depuis des semaines. Allez, décampe, et fais attention où tu marches, j'ai semé des petits pois là, à droite.

Il sort du potager en faisant semblant de prendre des précautions extrêmes. Il mime un équilibriste, un funambule. Lula le suit, un peu agacée.

— Tu fais toujours le gugusse.

— Toujours.

L'ouverture dans la haie de buis est trop étroite pour qu'ils passent tous les deux de front. Charles s'efface. Après il la prend par la taille, l'embrasse dans le cou, elle se laisse faire. Elle-même prend Charles par la taille. Puis elle lui lance un regard amusé et marche devant. Elle descend le sentier de grosses pierres mal jointes qui mène à sa maison. Elle trébuche, se tord le pied, manque de s'aplatir dans une touffe de coquelicots, se redresse de justesse.

— Je me suis fait mal.

Charles n'a pas bronché, n'a pas fait un mouvement pour la rattraper. Cet accident ne le trouble pas, et même le rassure, il fait partie du rituel de leurs retrouvailles. Immanquablement, chaque fois qu'ils se revoient, dans la première demi-heure — au maximum dans les premières soixante minutes — Lula se blesse, elle se brûle en faisant chauffer de l'eau, se coupe en ouvrant une boîte de conserve, manque une marche d'escalier, se cogne la tête… Une fois, à Athènes, il l'avait accueillie pour une semaine de vacances et, à la dixième minute, elle s'était enfoncé dans le pied, jusqu'à l'os, un clou rouillé : hôpital, points de suture, piqûre antitétanique, antibiotiques, quatre jours de repos forcé… pas question ensuite de faire les fous dans la mer Égée.

Depuis toujours Charles a noté ces « coïncidences », mais il n'a jamais dit à Lula ce qu'il en pensait. Il croit que, pour elle, c'est une façon inconsciente de montrer qu'au fond elle est fragile. Il ne lui en a jamais parlé car il ne sait toujours pas s'il aime ou s'il déteste la fragilité de Lula, c'est selon…

Aujourd'hui Charles pense qu'il s'en tire à bon compte. Elle rentre en boitillant, s'allonge sur le divan. Elle est verte, elle a dû se faire vraiment mal. Il va dans la cuisine, humecte un torchon d'eau fraîche et revient l'appliquer sur la cheville de Lula.

— C'est idiot, dit Lula.

— Ça arrive, dit Charles.

Il sait qu'il doit mesurer ses réactions, ne pas prendre les choses trop à la rigolade, ou trop au sérieux, ni faire comme si rien ne s'était passé… Il se contente de tenir le linge mouillé bien appliqué contre le pied. Infirmier attentif mais pas trop. Il la regarde.

— Ça va mieux, dit-elle.

En effet, son visage reprend des couleurs. Charles dépose un baiser sur la cheville guérie et, mains dans les poches, il fait le tour de la pièce.

— Ta maison est toujours aussi magnifique. Tu as de nouveaux tableaux.

— Ce sont des lithos qu'un ami allemand m'a données. Je viens de les faire encadrer. Il les examine de plus près.

— Elles sont très belles.
— Elles sont fantastiques.
Et Lula renaît à la vie.

Elle est enthousiaste. Elle veut qu'on aime ce qu'elle aime et qu'on le dise. Elle se lève, s'approche de Charles, s'appuie sur son épaule. Ils observent ensemble les tableaux. Elle en détaille un : « Tu vois cette lumière, là, dans le coin ? Et cette tache de rouge, au milieu de la grosse tache grise… c'est génial. Tu ne trouves pas que c'est génial ? »
Charles bredouille :
— Oui… oui…
— Non ? Tu n'aimes pas ça.
— Je t'ai dit que je les trouvais très belles. De là à dire que je les trouve géniales… Tu me prends au dépourvu.

Lula s'écarte de lui. Toujours la même chose avec Charles : il ne veut pas s'engager. Elle n'insiste pas.
— On va se faire un peu de thé.

Pendant qu'elle s'active dans la cuisine, Charles s'installe dans un fauteuil. Elle lui crie :
— Tu préfères un apéritif ? Tu as dit que tu avais faim.
— Non, du thé c'est très bien. Si je veux manger quelque chose je farfouillerai dans ton frigidaire.

Elle revient avec un plateau chargé de tasses, de pots, de pain, de saucisson, de fruits, de fromages.
Charles :
— L'abondance, comme toujours avec toi, ma Lula… C'est bon de te retrouver.

Il lui apprend qu'il vient s'installer pour trois mois en Avignon. Il ramasse de la documentation en vue d'une étude qu'il doit publier à l'automne prochain sur le Grand Schisme d'Occident. Un travail passionnant.

— Je turbine comme un moine toute la journée, dit-il.
— Et le soir tu t'ennuies, conclut Lula en riant.

Charles reprend sa respiration. Lula a le don de le désarçonner. Une fois de plus elle l'a touché au mauvais endroit, celui qu'il ne veut pas montrer. C'est vrai que depuis huit jours il s'ennuie, le soir, à mourir. Deux ou trois fois il a essayé de sortir. Il a marché dans les rues mortes d'Avignon en mars. Il s'est senti seul. La remarque de Lula n'était pas une question, donc il enchaîne, comme si de rien n'était :

— J'ai eu envie de faire un tour du côté de chez toi, c'est tout près.

Lula pèse chaque mot de cette simple phrase. « Envie », est-ce désir ? « Chez toi », est-ce la Provence, est-ce elle ? Il faut se méfier avec Charles. Il sait parfaitement faire prendre aux autres les responsabilités qu'il ne veut pas prendre lui-même.

— Pourquoi ne m'as-tu pas prévenue ?
— Parce que je te croyais au Brésil... Ce matin, j'attendais un fax de Rome, de la bibliothèque vaticane, et comme il n'est pas arrivé, ça m'a déconcentré, je ne savais plus quoi faire, alors j'ai eu l'idée de venir dans ton coin... C'est toujours aussi beau.
— J'ai décidé d'y prendre ma retraite.
— Je le sais très bien, nous en avons assez discuté, un soir, à Paris, tu te rappelles ?
— Je croyais que tu avais oublié... Je suis restée moins longtemps que prévu au Brésil.

Charles ne demande pas pourquoi elle a écourté son voyage, elle n'est pas du genre à changer facilement ses plans. Il devine que quelque chose d'important s'est passé dans la vie de Lula et il craint ses confidences. Elles sont toujours chargées de passions, de drames, d'enthousiasmes. Elle est bouleversante et il n'aime pas être bouleversé.

— Et d'Australie ? demande Lula.
— Aux dernières nouvelles, ça allait très bien.
Silence.
Puis Lula :
— Elle ne t'a pas parlé de moi ?
— De toi ? Non… Je ne sais plus.
Lula pense qu'il ne dit pas la vérité. Charles ne sait pas mentir. Par contre, il sait très bien dissimuler.
— Charlotte a des ennuis ? C'est pour ça que tu es là ?
— Tu es folle. À ma connaissance il n'est rien arrivé à Charlotte.
— Alors, qu'est-ce que tu fais ici ?

Leur relation dure depuis plus de quarante ans. Malgré cela, Lula ne sait pas comment s'y prendre pour forcer Charles à la sincérité. Souvent elle l'agresse. Elle n'a rien trouvé d'autre. Il faut dire qu'elle n'a pas le sens de la diplomatie, elle n'est pas à son aise dans les demi-teintes, les faux-semblants, les sous-entendus. Elle aime le style direct, elle fonce.

Les voilà pris dans un de leurs imbroglios.

Charles cache quelque chose, pense-t-elle. Quoi ? Lui, s'est enfoncé dans un mutisme aimable, souriant, il est, apparemment, l'innocence même. Il sait qu'elle va l'attaquer. C'est comme ça, c'est toujours comme ça.

Elle l'affronte.
— Charles, pourquoi es-tu là ?

Le regard de Charles, alors : un océan de surprise, de fragilité, d'innocence… Lula l'avait prévu. Ce regard ne change pas sa détermination. Comme il persiste dans l'attitude charmante du petit garçon injustement traité, elle insiste :

— Qu'est-ce que tu veux ?

Il prend une mine effarouchée avant de répondre :

— Mais, je te l'ai dit… je ne fais que passer… je te croyais absente.

— Ça ne te ressemble pas.

— Toi non plus, ça ne te ressemble pas de ne pas prévenir quand tu rentres… Je t'assure, je voulais voir si la maison était fermée.

— Pourquoi ?

— Eh bien… je pensais voir Madame Deltrieux, au village, puisque c'est elle qui garde tes clefs en ton absence. Je pensais m'installer ici quelques jours, comme je l'ai fait souvent… Mais enfin, je sais parfaitement que je ne suis pas le seul à jouir de ton hospitalité… alors, par discrétion… Je voulais m'assurer que la maison était fermée…

— Tu as vu qu'elle était ouverte, alors pourquoi t'arrêter ?

— Qu'est-ce que tu as, Lula ? Pourquoi cette agressivité ?

— Allons bon, me voilà agressive maintenant. Tu as vraiment un talent extraordinaire pour retourner les situations en ta faveur.

— Mais enfin, Lula, veux-tu me dire de quoi je suis coupable ?

— De rien, Charles, de rien… Et puis d'abord qu'est-ce que c'est que cette voiture ? Elle n'est pas française.

— Elle est suédoise. Je viens de l'acheter à une copine qui…

— Qui est à Avignon.

— Pas du tout. Elle est aux États-Unis avec mari et enfants, si tu veux le savoir… Je n'ai pas encore fait changer les plaques.

— Donc, tu t'ennuies à Avignon et tu aimerais t'installer ici. C'est ça ? Je ne vois pas pourquoi tu ne pouvais pas dire ça d'emblée, simplement... Mais, peut-être que ma présence te dérange, peut-être que tu aurais préféré être seul, peut-être que tu es déçu de me trouver chez moi !

— Lula, tu sais que je déteste ton habitude de minimiser l'importance que tu as pour moi, de te donner comme un pis-aller... Tiens, j'ai envie de foutre le camp.

— Nous n'allons pas nous disputer...

Charles éclate de rire. Du coup Lula rit, elle aussi. Ils se retrouvent dans les bras l'un de l'autre, à se dire des tendresses.

L'orage est passé.

Charles paraît délivré. Il raconte à Lula qu'il a loué pour un prix fou un studio où il s'imaginait vivre les délices de Capoue : recherches passionnantes dans la journée et, la nuit, rencontre avec des créatures de rêve... qui sait ? Or, rien de cela ne se produit ; ses recherches l'intéressent, mais sans plus, quant aux créatures de rêve, il doute qu'il en existe, à cette époque de l'année en Avignon...

— Résultat, tu as pensé à ta vieille Lula.

— Ah, ne recommence pas à te dénigrer, c'est insupportable...

— D'accord, d'accord, n'en parlons plus, je me suis trompée.

Ils aiment se dire qu'ils s'aiment, sans s'aimer, tout en s'aimant. Chacun est le réservoir d'affection de l'autre, chacun est le lieu de la sécurité affective de l'autre, même dans les colères, même dans les tromperies, même dans l'absence.

Mais, inconsciemment, depuis plus de quarante ans, ils entretiennent un danger, celui de perdre l'affection de l'autre. Sans cesse ils jouent à ce jeu : mettre en péril ce qui les unit.

Ainsi, aujourd'hui, elle ne sait pas pourquoi, malgré elle, Lula s'entend dire :

— Tu tombes mal, mon Charles, en ce moment j'ai besoin de solitude et, surtout, j'attends des amis.

Charles, immédiatement, fait marche arrière. Et, d'un seul coup, il improvise, comme dans le jeu d'échecs quand l'inspiration provoque un mouvement qui déclenche une cascade de possibilités imprévues. Moment où le jeu tourne, où une situation bloquée s'ouvre dans tous les sens.

Soudain Charles :

— Je pense à quelque chose.

— Ah oui ?

— Nous devrions commencer à être sérieux...

— Qu'est-ce que c'est que cette histoire.

— J'ai une proposition à te faire.

— Charles, je me méfie de toi.

— Tu as tort. Écoute, on devrait se rencontrer...

— Ça fait plus de quarante ans que nous nous rencontrons.

— Non, des rencontres comme nous n'en avons jamais eu, systématiques... Pendant que je serai à Avignon, nous rencontrer régulièrement, à date fixe, à heure fixe, pour faire le point. Faire ça comme des étudiants qui vont à leurs cours. Se rencontrer avec un but précis : débattre sur un sujet choisi d'avance.

— Qu'est-ce qui te prend ?

— Besoin d'y voir clair, de sortir de ma tête tous les sujets qui y trottent quand je suis seul. Nos rencontres devraient être une ascèse impérative, nous nous efforcerions de formuler exactement notre pensée. Un jeu de mots, en somme... Par les mots tenter d'aller au fond de notre réflexion.

— Le café du commerce, quoi.

— Une sorte de café du commerce, si tu veux, mais un

commerce à deux, sans public, sans vainqueur. Tu sais, ces conversations comme nous en avons parfois le matin, quand nous sommes ensemble, où nous refaisons le monde. Mais alors là, cette fois, systématiquement, à heure fixe, à date fixe.

— Des règles, un but avoué, une obligation, tu as même employé le mot ascèse. Ça ne te ressemble pas, mon Charlot. Je ne te connais qu'amoureux du flou, de l'incertain.

— Par moments, je suis fatigué de me ressembler. Pas toi ?

Lula est émue. Elle ne le montre pas. Pourquoi cet homme si différent d'elle est-il si proche d'elle ? Pourquoi vient-il de lui proposer ce dont elle a le plus besoin : parler, faire le point, y voir clair, mettre de l'ordre dans ses pensées, le plus clairement, le plus honnêtement possible ?

Elle ne bouge pas, elle regarde par la fenêtre, elle voit le bas du chemin qui mène à sa maison. La terre commence à délivrer ses trésors enfouis. Lula imagine les crocus, les tulipes et les anémones qui fleuriront bientôt. Dès juin, les roses trémières vont jaillir là, hautes de deux mètres, et les tournesols et les dahlias…

Elle sent que Charles la regarde, la guette. Elle le laisse faire, pourtant elle sait que, physiquement, plus rien de son apparence ne plaît à Charles : il aime les jeunes femmes lisses et élégantes. Elle sait aussi que rien ne lui plaît dans le caractère de Charles : elle aime les hommes francs et hardis. Mais son apparence et le caractère de Charles n'ont rien à voir avec ce qui les unit.

Bien que le visage de Lula ne change pas, Charles comprend qu'il l'a touchée. Il ne sait pas où il l'a touchée ni pourquoi il l'a touchée. Il sait seulement qu'elle est maintenant très proche de lui.

Ils sont là, dans la lumière d'un après-midi de jeune printemps, silencieusement confondus dans un bien-être indicible. Ils se repaissent de cet instant précieux. Ils savent qu'ils vont faire l'amour, avec un grand plaisir.

Après, Lula demande :
— Alors, quand commence-t-on ?
— Quoi ?
— Nos entretiens ?
— Ah oui. Eh bien, dans une semaine, jeudi prochain.

Il a répondu comme si tout était prévu, combiné d'avance, alors qu'il s'est engagé dans cette histoire sans réfléchir. Mais il ne l'avouera pas et il se soumettra aux règles qu'il a prescrites cet après-midi. Après tout, cela ne durera pas une éternité, le temps de son séjour en Avignon.

Deuxième jeudi

Lula imagine que ces rencontres, pendant quelques semaines, à cause de leur régularité et de l'absurde côté académique que Charles veut leur imposer, l'aideront à mieux s'installer dans sa nouvelle vie, à mieux se faire aux rythmes de la retraite, à reprendre pied.

Elle ne lui a pas dit qu'elle était en plein désarroi car elle sait que Charles fuit la tristesse et le drame. Or, depuis peu, la mort habite Lula.

Ça lui a pris au beau milieu des sambas du carnaval de Rio alors qu'elle était dans les bras d'un Noir superbe, un homme d'une soixantaine d'années aux cheveux crépus comme il convenait à sa race, et blancs comme il convenait à son âge, et qui lui faisait l'amour avec une adresse incomparable. Tout à coup, là, dans la jouissance, elle a pensé à la vieillesse. Jusqu'à cet instant elle n'avait pas vécu son vieillissement, elle s'était vue vieillir dans les miroirs, mais elle ne s'était pas sentie vieillir dans son corps. Si c'était ça la vieillesse, ce n'était pas grave… Et puis, brutalement, dans le plaisir, dans la fête, dans la sueur de son corps, dans ce mouillé, dans la beauté usée de l'homme, elle a vu sa propre fin et le suicide s'est imposé à elle de manière affolante. Elle a vécu la jouissance comme une défenestration, une effrayante chute dans le vide. Elle a fui.

Dès le lendemain elle a été prise de vomissements, de

tremblements. Elle est restée prostrée dans sa chambre, volets fermés. Elle avait peur du vide qui la séparait du carnaval, en bas, peur d'une marquise qu'elle avait rencontrée en rentrant à l'hôtel la veille : une grande négresse, aux longues jambes, aux longs bras, au visage simple, neuf, surmonté d'une haute perruque blanche, aux beaux seins fermes qui tressautaient dans un corselet doré... La jeunesse même.

Elle a décidé d'interrompre son voyage et de rentrer chez elle, en Provence.

Elle s'est dit que le calme de sa maison, la proximité de la terre, surtout, l'aideraient à comprendre ce qui s'était passé à Rio.

À son arrivée c'était encore l'hiver, elle n'avait pas pu aller au jardin, la terre était trop dure, fermée. Il gelait le matin, il pleuvait dans la journée. Elle restait près du feu à regarder les flammes. Elle pensait à elle et elle se sentait perdue. Où était-elle ? Qu'avait-elle fait de sa personne ? Elle l'avait laissée se dévoyer dans une agitation professionnelle trépidante qui lui avait tenu lieu de vie. Maintenant qu'elle n'exerçait plus son métier, se ranimait en elle un vague personnage endormi depuis longtemps : une jeune fille de dix-huit ans qui venait du Sud et qui était « montée » à Paris pour faire des études. Et puis ? Et puis justement elle ne savait plus où était la jeune fille, elle l'avait laissée s'égarer dans les couloirs de la Sorbonne. Lula avait l'impression qu'elle l'avait abandonnée, et qu'en faisant cela, du même coup, elle s'était condamnée.

« Je deviens folle », pensait-elle devant son feu. Tout ça, c'est la faute de Charles...

Heureusement le printemps était venu, elle avait pu bêcher, biner, semer. Elle ne mettait pas de gants pour travailler la terre, elle voulait la toucher, y enfoncer les mains, elle avait l'impression de prendre racine, de participer à l'univers, d'être en règle. Jardiner l'apaisait.

Et puis, jeudi dernier, Charles a débarqué et ils ont fait ce projet « rigolo » de se rencontrer les jeudis suivants, « pour parler sérieusement ».

Le mercredi, à la veille de leur deuxième rencontre, Lula se rend compte que, selon les règles établies par Charles, elle aurait dû choisir un sujet et le lui communiquer. Or il ne lui a pas donné son numéro de téléphone. Elle appelle les renseignements : il n'y a pas de ligne au nom de Charles. Tant pis, ce n'est pas grave. Si c'était grave il se serait manifesté. Après tout, ces conversations hebdomadaires ne sont qu'un prétexte. C'est toujours comme ça : quand ils ne se sont pas vus depuis longtemps ils déguisent l'excitation de se retrouver en conduite prudente.

N'empêche qu'elle doit arriver avec un sujet. Quoi ? Qui ? Elle cherche, en trouve dix, cent, mille, trop. Finalement, lorsqu'elle entre dans sa voiture le jeudi après-midi, elle n'en a aucun. Elle conduit comme une folle. La vitesse la stimule, elle prend des risques, se met en danger, cela exige d'elle une grande concentration et aiguise son esprit. Plus elle est attentive à la route, aux obstacles, plus elle pense au sujet qu'elle lui proposera.

Pourtant, en garant sa voiture près de l'adresse indiquée par Charles, elle n'a toujours pas de sujet. Pas plus en grimpant les escaliers. Pas plus en sonnant à la porte. Ce n'est que lorsqu'elle le voit souriant devant elle, qu'elle dit avec assurance : « La lâcheté », comme si le mot était là depuis longtemps. Elle entre en expliquant :

— J'ai choisi la lâcheté comme sujet d'entretien pour aujourd'hui.

— Ah bon. Il me semblait que je t'avais proposé « le hasard », non ?

— Aucun souvenir. Non. Mais prenons « le hasard », si

tu veux. Tel que je te connais, tu as dû préparer ça en détail.

— Pas du tout. La lâcheté ça va, je préfère. Allons-y. À propos, bonjour ma Lula.

— Bonjour mon Charles.

Elle lui donne deux baisers tendres en pensant qu'elle aurait préféré « le hasard ». Enfin…

Charles laisse Lula inspecter les lieux.

Elle voit qu'il réfléchit.

Il s'assied derrière la table qui lui sert de bureau. Deux minutes passent, trois peut-être, puis, sur un ton presque badin, il commence :

— Parler de la lâcheté dans l'abstrait, comme ça, à brûle-pourpoint…

— Prenons le hasard.

— Absolument pas, la lâcheté, ça va me faire du bien. Nous n'en avons jamais parlé ensemble, c'est curieux, car je suis très lâche…

» J'essaie de retrouver dans mes souvenirs l'exemple de ma plus grande lâcheté. Ce n'est pas facile : demander à un avare profond de distinguer et de nommer sa plus grande pingrerie…

» La lâcheté est une des composantes essentielles de mon caractère. Si je remonte à mon enfance, je me rends compte que, déjà, je préférais laisser la nuit régler mes problèmes plutôt que de les régler moi-même pendant le jour. Et, de fait, je dormais bien, j'étais capable de laisser sommeiller les choses.

» Ma vie est une suite de décisions non prises, de choix non faits, de ruptures inachevées, d'abandons et de reprises floues, de désengagements successifs, de grandes et de petites lâchetés. Cela n'exclut ni ce que Montaigne appelle une « malicieuse opiniâtreté », ni la ruse qui consiste à déguiser en discrétion, ou en légèreté, ce qui n'est qu'un désir de ne pas savoir. Ne sachant pas, je jouis du confort de l'ignorance.

Charles est tout entier à son discours, les sourcils froncés, l'œil net. Il s'acharne avec passion à parler de ce qu'il appelle sa lâcheté. Lula le regarde de tous ses yeux, comme elle regardait, dans son enfance, pendant des heures, les pêcheurs mahonnais démêlant leurs filets sur la plage de Douaouda.

Afin de prouver sa sincérité, Charles se jette avec emphase dans la confession :

— C'est en amour que je suis le plus lâche. Mon plus grand exploit du genre, ça a été mon histoire avec Jacqueline.

— Celle-là !

Lula n'a pas pu retenir cette exclamation. Elle le regrette. Mais Charles n'a rien remarqué, il enchaîne :

— Tu ne la connais pas. J'ai vécu avec elle un bout de temps pendant mon séjour à Dakar.

» Elle était divorcée d'un Portugais de Cabo Verde qui possédait des plantations de bananiers, je crois, ou plutôt des usines de sardines, je ne sais plus… Après quelque temps de vie commune ratée, il l'avait plantée là avec deux enfants. Un garçon et une fille. Elle s'était rapatriée au Sénégal. Quand je l'ai connue ses enfants étaient grands. Enfin grands… la fille avait quinze ans, le garçon dix-sept, il s'appelait João. La fille ne m'aimait pas. Elle me trouvait trop vieux pour sa mère qui avait eu souvent de jeunes amants. Le garçon, lui, m'aimait. Moi aussi je l'aimais bien. Il me faisait rire avec sa bouille d'adolescent naïf, émerveillé par les histoires que je lui racontais. Il en demandait toujours de nouvelles. Contrairement à ce qu'on dit généralement de la jalousie des garçons à l'égard de leur mère, João était très gentil avec moi. Nous sommes sortis seuls ensemble plusieurs fois, à la corrida, à la plage, les jours où Jacqueline nous avait fait faux bond, occupée par son travail ; elle était occasionnellement guide-accompagnatrice-traductrice d'industriels étrangers débarquant à Dakar.

» Au bout de quelques semaines… de quelques mois peut-être… je ne sais plus… j'ai senti que João commençait à trouver en moi le père qu'il n'avait pas eu. Du coup, moi, j'ai commencé à prendre du recul envers lui et envers Jacqueline. Je me suis détaché avec une « malicieuse opiniâtreté » dès l'instant où c'est devenu grave. Je refuse les contraintes de l'amour, tu le sais, pas besoin de commentaires… João est tombé malade, gravement. Leucémie. À la même époque on m'a proposé de faire une tournée de conférences aux États-Unis. J'ai sauté sur l'occasion, soulagé. Je suis parti comme un voleur. Je ne suis jamais retourné…

Il y a un grand silence. Charles croit que Lula va poser des questions gênantes… Ils ne se regardent pas.

— Et João ? finit par dire Lula.

— Il est mort.

Des larmes coulent sur le visage de Lula. Charles va dans la cuisine, il s'occupe maladroitement à faire bouillir de l'eau pour le thé.

Il y reste longtemps disant à haute voix, à l'adresse de Lula, qu'il ne sait pas où se trouvent les choses dans cette garçonnière où il n'habite que depuis peu. En fait, les larmes de Lula l'ont gêné et il se demande comment la distraire.

Quand il revient dans le salon elle est à la fenêtre, occupée à regarder ce qui justifie le prix exorbitant demandé pour ce logement modeste : il domine le Rhône. L'immeuble où ils se trouvent est situé en haut d'une falaise. Sur la droite, à travers les branches de hauts platanes, elle distingue un bout du pont d'Avignon et, sur la gauche, le fleuve déferle dans toute sa largeur, c'est très beau. Elle voit des péniches chargées de sable et des bateaux de plaisance. Elle aperçoit, sur l'autre rive, au loin, dans la brume des beaux jours, les toitures de la belle chartreuse de Villeneuve-lès-Avignon.

Lula quitte la fenêtre et vient près de la table basse où Charles est en train de disposer deux tasses, un sucrier, un petit pot de lait et une assiette avec un citron coupé en deux. Il dit :

— Je suppose que tu prends toujours ton thé avec du citron.

Elle enchaîne, après un sourire :

— Elle t'a frappé cette histoire de Jacqueline. Je pense que tu me l'as déjà racontée vingt fois. Mais, tu t'étendais plutôt sur l'érotisme de la mère que sur la maladie du fils…

— Ah, je t'ai déjà parlé de ça !

— Vingt fois. Avec tous les détails de vos galipettes sauvages sur les plages de Casamance. Quel beau pays, la Casamance. Tu m'y avais menée, nous avions mangé le meilleur homard grillé de ma vie…

— Mais pourquoi ces sanglots tout à l'heure ?

— Quels sanglots ? De quoi parles-tu ?

— Tout à l'heure tu pleurais.

— Quand tu es allé faire le thé ?

— Oui.

— C'est que la fumée de tes cigarettes m'irrite les yeux. Figure-toi qu'avec l'âge j'ai pris une fragilité des paupières. C'est ridicule d'avoir les paupières fragiles, tu ne trouves pas ?

— Vaut mieux ça que d'avoir le cœur fragile, ou l'estomac… ou les nerfs.

Elle rit.

— Sanglots ! Comme tu y vas mon Charles. Toujours ton goût du spectacle.

» Tiens, nous devrions prendre le théâtre comme sujet d'un de nos jeudis. En attendant nous n'avons même pas commencé à parler de la lâcheté.

Il s'arrête. Il allait s'asseoir, reste debout, puis va et vient en émettant un petit bruit, un sifflotement. Lula croit qu'il réfléchit. En fait, il est heureux, il est soulagé, Lula vient de lui donner l'absolution : il croyait avoir parlé de sa plus grande lâcheté et elle dit qu'ils n'ont pas commencé à parler de la lâcheté. Donc son histoire avec Jacqueline n'est pas bien grave. Ouf ! Dans quel état il s'est mis. Pour rien ! C'est toujours comme ça avec Lula…

Il dit, en détachant les syllabes :

— La lâ-che-té.

Quand il aborde un grand mot comme celui-ci, Charles a deux penchants très distincts. Soit il exprime l'usage qu'il en fait lui-même, mais, avec Lula, ça se retourne souvent contre lui, elle le connaît trop. Soit il plonge dans l'histoire du mot, sa racine, ses cousinages, ses analogies, et là, avec Lula, il est sûr de briller. Il y va :

— La « lâ-che-té »… Je pense aux rênes lâches ou tendues, au relâchement, à la relaxation, au laxisme, aux théâtres qui font relâche. Une phrase d'un mémorialiste, je ne sais plus lequel, me vient à l'esprit : « une énergie peu commune et qui ne souffrait pas de relâche. »

Il fait admirer, au passage, à Lula, cette réussite de la langue : vocabulaire, jeu de syntaxe, discrétion, rythme, renaissance du sens dans cet agencement pourtant bien simple de sonorités. Il goûte le français. Il est en verve, il sent le regard attendri de Lula :

— Je n'aime pas qu'on utilise les mots sans les interroger, qu'on les limite à leur valeur affective immédiate. Quand on dit ou qu'on entend le mot lâcheté c'est souvent dans un sens péjoratif. Est-ce qu'on ne l'oppose pas à d'autres mots honorables : courage, responsabilité, sens du devoir, héroïsme ?…

» J'aime mieux attacher ma réflexion sur la lâcheté à des choses simples. Par exemple, l'image des rênes lâches ou tendues me plaît. À l'image des rênes, deux autres images s'accolent : d'abord celle de l'attelage, ce qui implique le lien ou la liaison. Je n'aime pas les liens. Les liaisons serrées deviennent vite pour moi des chaînes. S'il y en a une qui doit comprendre ce que je dis, c'est bien toi, tu...

— Oh, ça n'a aucun intérêt. Ne parlons pas de moi. Quel dommage, tu étais si bien parti, Charles.

— D'accord, d'accord. Je ne sais plus où j'en étais...

— À l'image des rênes lâches ou tendues.

— J'y suis. Cette image des rênes fait surgir aussi l'image de la vie qu'on mène, de sa vie qu'on mènerait comme un cheval. Est-ce une prétention de la race humaine ? La terre, les fleuves, les arbres, les animaux ont une vie. Est-ce qu'ils la mènent ? Est-ce que j'ai mené ma vie jusqu'à présent ? J'ai vécu des choses, oui, j'ai pris des décisions, comme tout le monde. Mais quand je regarde en arrière je constate que mes décisions ont toujours eu moins d'importance que des phénomènes qui échappaient à mon contrôle : les saisons, l'âge, la mort de Françoise, le hasard des rencontres, la taille que j'ai, la couleur de ma peau, ma culture...

— La guerre d'Algérie...

— La guerre d'Algérie... Oui. Toutes les guerres, ces bals du hasard. L'héroïsme ou la lâcheté ça s'attrape par hasard, comme un virus.

» Parlons-en des virus et de ces particules infimes qui s'agitent dans mon corps et qui me règlent sans que j'en sois conscient. Cette dictature que le vivant exerce sur moi ne m'est pas désagréable, elle m'amuse souvent, en tout cas je n'ai jamais senti le désir de me rebeller contre elle. C'est ma lâcheté. On peut la nommer attentisme, ruse, indécision, laisser-faire, dérobade, ou même duplicité, inconsistance, malléabilité. Je m'y suis habitué.

— Tu n'en souffres jamais ?

— Ma lâcheté m'a épargné beaucoup de maux et, peut-être, beaucoup de complications.

Il pousse un grand soupir excédé.

— Tu ne trouves pas ça un peu fatigant d'être toujours en train de se définir ?

— C'est toi qui as proposé ces entretiens. Tu as dit : « pour essayer d'y voir clair »...

— Je sais. Oui. Mais enfin : « en tête-à-tête avec nous-mêmes nous savons très bien qui nous sommes »...

— Parle pour toi, moi, c'est là que je suis le plus perdue.

— ... Je crois que c'est un personnage de Pirandello qui dit quelque chose comme ça, devant une glace, dans un grand monologue des années 20.

— Les citations t'arrivent toujours au bon moment.

— C'est une des formes de ma lâcheté.

— Une façon d'échapper à l'échange direct avec les gens qui t'écoutent ? Souvent j'ai pensé que tu avais peur des gens. Est-ce que tu as peur des gens ?

— Disons que je ne cherche pas leurs confidences, ou que, très vite, je les oublie.

— Quoi ? Les gens ou les confidences ?

— Les deux.

— Ça doit t'écarter de l'amour.

— Ça m'écarte souvent de l'amour.

— Tu n'ajoutes pas « grâce à Dieu » ?

Il ne répond pas. Il se lève, se rassoit, se relève. Ils se regardent avec tendresse. Ils prennent le thé en silence.

Charles pense que ces retrouvailles avec Lula sont un cadeau de la vie. Imprévisible, immérité comme tous les cadeaux. Il se sent bien auprès de cette femme qui le connaît depuis si longtemps, ou du moins, qui connaît la plupart des péripéties de sa vie, ses réussites, ses échecs. Elle sait ce qu'il considère comme des réussites ou des échecs. Il sait qu'elle ne pense pas comme lui, que, même, certains propos qu'il tient l'énervent, la choquent, mais aujourd'hui, dans ce petit appartement, éclairé par le soleil jaune d'une fin d'après-midi, il ne cherche pas à la blesser, au contraire.

Elle demande.

— À quoi tu penses ?

— À Cape Cod.

— L'horreur !

Cape Cod est une histoire assez honteuse qui les lie. Ils y avaient passé ensemble un long week-end qui s'était mal terminé. Combien de temps déjà ? Charles fait le calcul à voix haute :

— Il y a de ça vingt-deux ou vingt-trois ans. Vingt-trois ans, non vingt et un, c'était en... Non vingt-deux ans. Oui vingt-deux ans...

Lula l'interrompt :

— À l'époque tu avais un poste à Cambridge...

— Massachusetts...

— Exactement, tu étais invité par l'université de Harvard.

— Mais bien sûr, pour donner un cours d'Histoire sur la peinture médiévale... au début des années 70.

— Et moi, à cette époque, en rentrant d'un reportage, je suis passée par New York, je t'ai donné un coup de fil, et je t'ai rejoint quelques jours au bord de la mer...

Tout avait magnifiquement commencé. Charles était allé l'attendre le vendredi soir à l'aéroport de Boston. Il éprouve toujours un vif plaisir à retrouver Lula, sa beauté, sa faconde. À peine débarquée, elle avait déversé sur lui un flot d'histoires qui lui étaient arrivées le jour même à son hôtel de New York, puis dans le taxi pour La Guardia, puis dans l'avion. Elle parlait, elle parlait, et Charles en était enchanté.

Elle a parlé comme ça pendant presque tout le trajet entre Boston et Province-Town. En fait, jusqu'à ce qu'elle questionne :

— Pourquoi allons-nous à Province-Town ?

— Une copine qui a un chalet au bord de la mer, elle m'a passé ses clefs.

Ensuite ils sont restés silencieux.

Il pleuvait, les essuie-glace travaillaient allégrement. Il faisait chaud à l'intérieur. Charles était heureux qu'elle soit là près de lui dans le cocon de la voiture, comme si la pluie, les agressions des phares ou les klaxons des gens pressés, tout le tohu-bohu du monde extérieur, ne les concernaient pas.

En arrivant il ne pleuvait presque plus. Charles s'était précipité pour ouvrir la porte du chalet, brancher le compteur électrique, allumer le chauffage, revenir chercher la petite valise de Lula et son sac à lui, les déposer sur le lit dans une chambre. Lula ne l'avait pas suivi. Il était ressorti pour voir ce qu'elle faisait. Elle était debout, accoudée à la portière ouverte de la voiture. Elle avait le regard perdu, ailleurs, un peu triste, de petites gouttes de bruine perlaient à ses cheveux.

— Tu entends ? avait-elle dit à mi-voix.

C'était la mer qui barattait la plage quelques dizaines de mètres plus bas, l'écrasement des vagues et le froissement de leur reflux grouillant de galets.

— Tu sens ?

C'était l'odeur de la terre pourrie qui montait du sol détrempé.

Il l'a laissée à ses contemplations, a pris un carton plein de provisions dans le coffre de la voiture, a claqué le coffre. Elle a sursauté.

— Pardon ! a-t-il dit, impressionné par le coup d'œil qu'elle lui avait lancé et il était rentré pour préparer le dîner et allumer du feu dans la cheminée.

En pénétrant dans la maison, elle avait découvert, au sol, devant la flambée, sur le tapis jonché de coussins, un plat de saumon fumé piqué d'olives noires et de toutes petites tomates, une corbeille de pain, deux pâtés, du beurre, un autre plat rempli de fruits : avocats, pommes, mandarines, raisins noirs. Une bouteille de vin luisait auprès de deux verres qui pouvaient être de cristal. Dans un des coins de la pièce une lampe à abat-jour rouge éclairait une poutre. Le magnétophone jouait *Yellow Submarine*. C'était beau comme pour un rendez-vous d'amour dans un film américain.

D'ailleurs, elle avait dit en voyant tout ça :

— Comme dans un film américain.

Elle s'était assise par terre en aménageant les coussins autour d'elle.

Ils avaient mangé, ils avaient bu, ils avaient bavardé, ils avaient ri. Ils avaient passé une belle soirée.

Ils s'étaient couchés, il avait commencé à la caresser. Elle avait dit :

— Je n'ai pas envie de faire l'amour.

Il s'était endormi assez vite.

À son réveil, Lula n'était plus là.

Il est descendu sur la plage, ne l'a pas aperçue. Il a couru se jeter dans l'eau. Elle était froide. Il a fait quelques brasses, est remonté à toute vitesse dans le chalet pour se sécher. Il s'est mis à préparer le petit déjeuner.

Elle est arrivée, emmitouflée dans un manteau de pluie. Elle a dit :

— J'étais dans les dunes. Je t'ai vu faire tes excentricités.

— Comment ça ?

— Il faut être fou pour se baigner par un temps pareil.

— Ce n'était pas très chaud en effet.

— Les gens du Nord sont tous pareils. Des maniaques de l'exploit !

Charles a remarqué le ton distant de Lula. Depuis leur arrivée dans la maison, hier, et malgré la chaleur aimable de la soirée, il a senti que quelque chose sonnait faux dans les manières de Lula, ses enjouements, sa gentillesse. Il s'est demandé pourquoi elle était comme ça.

Le temps s'étant mis au beau, ils sont allés faire une promenade dans les sables, en direction de Cape Cod, vers le sud, là où la péninsule s'enfonce droit dans l'Atlantique. Sur la côte ouest il y a de vastes étendues de dunes herbeuses, des vallonnements où poussent quelques arbres rabougris et d'énormes massifs d'églantiers, des crêtes aux lignes pures. Charles a étendu un bras dans cette direction :

— Regarde, c'est le grand Erg du Sahara tout près du fameux Vineyard où naquit la nation américaine !

Ils ont trouvé une petite crique de sable jaune et s'y sont allongés pour profiter du soleil. Charles s'est mis nu. Lula a gardé son maillot deux-pièces. Au bout d'un moment, il a cru qu'elle s'était endormie. Il s'est éloigné. Il a gravi la pente de sable pour gagner le sommet. De là-haut, il a découvert un paysage grandiose : la péninsule s'incurvait comme un yatagan dans la mer. Le côté est calme, sombre, le côté ouest déchiqueté de taches blanches sous le soleil de midi.

Autour de lui, le moutonnement des dunes blondes avec, en leur centre, en bas, dans une cuvette moulée pour elle, cette femme splendide couchée à plat ventre sur une serviette de bain à damiers rouges et noirs. Il s'exalte de la beauté des choses. Il crie dans le vent. Il l'appelle. Elle ne répond pas. Elle ne doit pas l'entendre. Il court pour la rejoindre en trébuchant dans le sable sec où il enfonce jusqu'aux mollets. Il arrive épuisé. Il se jette sur la serviette auprès d'elle.

— C'est magnifique !

Elle se retourne lentement, les yeux fermés :

— J'avais besoin de soleil.

Elle étend les bras et les jambes comme pour se livrer tout entière à la chaleur. Ils ont passé là quelques heures à ne rien faire, sans presque parler.

— On rentre ? avait dit Lula.

Ils étaient rentrés au chalet bras dessus bras dessous, brûlés de sel et de soleil.

C'est alors que Jim et Winnie ont fait irruption. Ils sont arrivés à l'instant même où Lula sortait de la douche drapée dans une sortie de bain.

— Hello ! Hello ! Excusez-nous. Nous avons vu de la fumée à la cheminée. Nous avons pensé que vous étiez là, Charles. (Rapides présentations.) Comment ça va ? Nous ne faisions que passer. Seulement pour dire bonjour. Quand retournez-vous à Cambridge ? Bonne soirée. Bye !

Partis aussi vite qu'entrés. Une voiture qui démarre. Disparus. Charles se croit obligé de donner des explications.

— Ils ont une villa à deux pas d'ici.

— Ils te connaissent bien.

— Ce sont des amis de la personne qui m'a prêté la maison.

— Qui est-ce, cette personne ?

— Une collègue de l'Université. Elle est en vacances en Floride avec son mari.

Là-dessus, comme si le monde extérieur s'était concerté pour l'attaque, le téléphone sonne. Charles va répondre.

— Allô… Oui. Doris !… Où es-tu ? Comment ça va ?… Bon… Prends pas ça au tragique… mais oui… il se calmera… Oh ici, c'est parfait… Très heureux… On est allé se promener dans la dune… Magnifique… Je ne sais pas encore exactement… Lundi très certainement… J'ai un cours à deux heures… Bon je t'embrasse… Mais non… Ne te fais pas de bile… Tu as bien raison… Bye. À lundi… Bye… Oui… Je t'embrasse…

Il raccroche et dit :

— C'est elle… la propriétaire.

— Doris ?

— Oui, Doris.

— Je la croyais en Floride.

Autre coup de téléphone.

— Allô… Madame Gardiner n'est pas là… Non… La semaine prochaine… Je vous en prie. Bye.

À partir de là, la sauce a tourné au vinaigre. Une invraisemblable scène de ménage a éclaté, sans retenue et sans humour : « Pourquoi me dis-tu ça ? — Pourquoi me poses-tu cette question ? — Pourquoi m'as-tu fait venir ici, tu veux coucher avec moi dans le même lit où tu as l'habitude de coucher avec ta Doris Gardiner ? — Qu'est-ce que ça peut te foutre ? — C'est comme à Gérardmer ! — Encore Gérardmer ! — Je n'oublie rien, tu sais ! — Moi non plus ! »… etc.

La fureur, les insultes, les pleurs. Ils se détestent. Ils sont au bord des injures. De la fumée se répand dans la pièce. C'est le poulet du dîner qui brûle dans le four. Ça ne les détourne pas de leur hargne. Ça ne les fait pas rire. Ils jettent le poulet à la poubelle. Lula menace :

— Je rentre à New York.

— Je te mène à l'aéroport.

— Je n'ai pas besoin de toi. Je me débrouillerai toute seule.

— On s'en va.

— Fous le camp, toi. Moi, je reste.

Elle s'enferme dans la chambre. Il ramasse ses affaires. Il crie :

— Je fous le camp !

Et il fout le camp.

Il est sorti de la maison en faisant claquer toutes les portes le plus fort possible, il a mis son sac dans le coffre de sa voiture, il s'est assis au volant, et il a démarré sur les chapeaux de roues. À Cambridge, dans son appartement, il a bu une bouteille de vodka et s'est endormi à l'aurore. À midi il s'est réveillé honteux, vexé, furieux contre lui-même, et par-dessus le marché il s'est rendu compte qu'il était parti avec les clefs… Il a appelé Lula à Province-Town. Elle lui a répondu très calmement, l'assurant qu'elle avait bien dormi et qu'il ne s'inquiète surtout pas pour le transport. Elle s'était renseignée : un autobus la mènerait à l'aéroport de Boston dans l'après-midi. Elle serait à New York ce soir. Et puis ce n'était pas la peine de s'excuser. Il ne s'était rien passé d'extraordinaire. Il y a des choses, comme ça, qui arrivent à tout le monde, ça vaut mieux que d'être mort. Elle a pris le numéro de téléphone de la femme de ménage qui possédait un double des clés, elle lui demanderait de venir fermer la maison aujourd'hui même. Il pouvait compter sur elle. Surtout qu'il ne s'en fasse pas, et ciao mon Charlot chéri...

Ce jeudi-là, à Avignon, en entendant « Cape Cod » Lula avait dit : « l'horreur » pour faire plaisir à Charles. Au cours des années il avait monté cette histoire en épingle, elle était devenue le répertoire exhaustif, le codex, en quelque sorte, des qualités et des défauts de Lula. Comme cela faisait longtemps qu'il n'avait pas évoqué Cape Cod, elle l'a laissé s'étendre sur les détails de cette affaire où il faisait figure de victime... Charles chéri. Qu'il parle ! Elle aimait l'entendre discourir, elle admirait sa façon de mettre les mots en batterie.

Elle, elle ne savait plus de cette histoire que ce qu'il en disait. Personnellement elle ne se souvenait pas de grand-chose : de la pluie sur une plage océane, de l'ennui, une absence.

Dès l'arrivée, à l'instant même où elle sortait de la voiture, un homme lui avait manqué, mais pas Charles. Un très jeune homme tué aux derniers jours de la guerre, en 1945 : Henri Vaudrois.

Quand elle avait douze ans, Henri Vaudrois avait dit à Lula : « Pour tes quinze ans je viendrai te chercher et nous nous marierons. » Dès lors elle s'était considérée comme fiancée à lui, elle était sa promise, et cela la comblait de joie. Il avait dix-huit ans, il était très grand. Elle aimait marcher à côté de lui dans la rue Michelet. Il la prenait par la main pour l'aider à suivre ses enjambées de géant et, de temps en temps, ils se regardaient en riant, eux seuls savaient qu'ils étaient fiancés, leur secret était un délice. C'était la guerre mais ils n'y pensaient pas.

Du temps avait passé, deux années, il avait été mobilisé, il était parti pour le front.

Et puis un jour, elle venait juste d'avoir quinze ans, à table, à l'heure du déjeuner, quelqu'un avait dit : « Savez-vous qu'Henri Vaudrois vient d'être tué en Allemagne ? » C'était dans la maison de sa tante, au balcon de Saint-Raphaël. La salle à manger s'ouvrait, par une baie vitrée, sur le port où mouillaient des bateaux de guerre américains et, au loin, sur la rade, sur la mer plate et grise, à l'infini. Il pleuvait ce jour-là. Comme à Cape Cod.

Personne ne savait ce qui la liait à Henri Vaudrois. Donc, personne, autour de la table, n'avait deviné l'effondrement que cette nouvelle provoquait en elle, sa peine, son égarement. Elle n'avait pas pu manger, la famille a décrété qu'elle avait le foie fragile, comme sa grand-mère… Elle était presque une enfant, elle était vierge, et pourtant elle était veuve. Les autres parlaient de la mère d'Henri, de son chagrin. Elle avait entendu quelqu'un dire : « Il doit être le dernier mort de la guerre, ou un des derniers… » Elle, à travers les vitres, elle regardait la mer barbouillée de pluie. Elle ne participait pas à la conversation, elle était perdue, elle marchait dans la rue Michelet, elle cherchait son grand fiancé. Elle savait que plus jamais il ne la prendrait par la main. Après, elle était sortie dans le jardin qui sentait fort la terre mouillée…

Il n'était pas question de dire à Charles jusqu'à quel point l'aventure de Cape Cod était, pour elle, insignifiante. Autant laisser cette histoire telle qu'il la racontait, fermée une fois pour toutes, terminée, avec les mille détails qu'elle était censée avoir vécus mais qu'elle ne connaissait que parce qu'il les lui avait décrits. Puisque, ni à Cape Cod, ni jamais par la suite, elle ne lui avait parlé d'Henri Vaudrois, de la pluie sur la mer le jour où elle avait appris sa mort... Autant laisser dormir, pour toujours, l'histoire si ancienne de son premier amour.

De tout cela ne restait que la pluie, que la mer, que des rivages mouillés, que la fin de l'enfance, que la mort. Pourquoi à Cape Cod l'image d'Henri Vaudrois était-elle revenue avec autant de vivacité ? Peut-être parce qu'elle était aux États-Unis, au bord de la mer, qu'elle s'est souvenue des bateaux américains sous l'averse, dans la rade... peut-être, elle ne sait pas.

Elle dit :

— Trouves-tu que le suicide est une lâcheté ?

Il réfléchit un moment.

— Je ne crois pas que je sois très capable de répondre à ta question. La pensée du suicide ne me vient jamais à la tête. Peut-être parce que je ne souffre pas beaucoup, et peut-être aussi parce que j'attends toujours quelque chose de demain. Il me semble que le suicide est une décision qu'on prend pour faire cesser une souffrance insupportable et inguérissable. Il doit également y avoir des suicides philosophiques venant du désir de certaines personnes d'affirmer leur liberté, leur capacité de faire le choix ultime entre exister ou ne plus exister.

» Est-ce que tu me demandes s'il est courageux ou lâche de se suicider ? Ma lâcheté personnelle consisterait à refuser de répondre à cette question parce que je la trouve inepte. Il y a des gens qui, à un moment de leur vie, sont séduits par la mort, ou qui, depuis toujours, l'ont été, et cultivent cette passion inassouvie. S'ils cèdent à cette séduction, je ne vois pas en quoi je peux les louer ou les blâmer. Les passions absolues — et celle-là c'en est une — échappent à la morale, au bavardage des moralistes amateurs, à condition qu'elles demeurent privées, intimes, exemptes de remue-ménage. Disons qu'elles ne fassent pas chier les autres. Ce qui me gêne dans les suicides — du moins dans ceux que j'ai connus — c'est qu'ils sont pour la plupart spectaculaires. Tant qu'à se suicider, autant le faire avec discrétion, sans annonce, sans menaces, sans chantage, sans témoin, dans une île déserte. Que cet acte personnel ne soit jamais un geste public. Un suicide qui serait un abandon en douce serait pour moi une lâcheté honorable.

Dans le silence qui suit, Lula essaie d'organiser son émotion. Beaucoup d'images, d'impressions, de sentiments, de réflexions se sont accumulés depuis qu'elle est ici. Il y a des choses privées qu'elle ne partagera jamais avec personne, des secrets, et d'autres choses moins privées mais gênantes qu'elle aimerait éclaircir.

D'abord, avec l'histoire de Cape Cod, il y a eu le jeune homme perdu, le mari perdu. Elle s'est dit : « Je suis une veuve de naissance ! », elle n'y avait jamais pensé et pourtant, aujourd'hui, cela lui paraît une évidence. Elle s'était toujours prise pour une incorrigible célibataire et la voilà qui se découvre veuve inconsolable. Ça la soulage : elle ne s'était jamais sentie très à son aise dans le célibat. Elle avait rendu son métier et Charles responsables de sa solitude. Soudain, pendant que Charles parle, il lui vient une bouffée de tendresse pour Henri Vaudrois.

À cause du grand jeune homme tué à la fin de la guerre, la fille de quinze ans qu'elle avait été est revenue à la surface, et celle de dix-huit ans qu'elle avait égarée dans les couloirs de la Sorbonne à l'époque où elle avait connu Charles.

Enfin, il y a eu son désarroi récent, la tentation du suicide à Rio…

Depuis, beaucoup plus obscure, mais présente tout le temps, s'est imposée l'idée qu'elle n'avait fait que fuir, qu'elle avait vécu à côté de sa vie, qu'elle était lâche…

Impossible de parler de tout ça à Charles, c'est trop

vague, trop grave aussi, ça le ferait reculer. Charles n'aime pas les « complications ». Il serait capable d'espacer leurs rencontres, de les interrompre peut-être. Or, elle a besoin de le voir. Cet homme, tel qu'il est, est une de ses raisons de vivre. Elle n'a jamais compris pourquoi, mais c'est comme ça.

Elle le regarde avec tendresse, elle dit :

— Oui, tu as raison, dans lâcheté je ne voyais que le contraire de courage.

» J'aime ta façon de parler. Je crois que c'est ce que je préfère en toi. Pourtant, au départ, j'ai été séduite par ton physique plus que par ton esprit. La couleur de tes yeux surtout m'a captivée, une clarté dans laquelle je me perdais, un paradis rien que pour moi. Je suis une Méditerranéenne et, dans mes contrées, les yeux clairs sont rares. Il faut dire qu'à l'époque, pour moi, le physique d'un homme comptait plus que tout. J'avais été amoureuse d'un prof de gym juste avant de venir à Paris. Enfin amoureuse… disons qu'il me plaisait.

— C'est toi qui m'as appris à plonger.

— À nager, tu veux dire.

— Je savais nager, ma mère m'avait fait prendre des leçons de natation.

— Tu barbotais, Charles. Nager ce n'est pas seulement exécuter certains mouvements, c'est surtout prendre du plaisir avec l'eau, se marier avec elle.

— Je te dois ça, c'est vrai, cette jouissance-là.

— Tu es mince, tu es musclé et pourtant tu n'as jamais été un sportif…

— Je déteste la compétition.

— Il n'y a pas que la compétition dans le sport. Enfin, ne reprenons pas cette conversation, nous l'avons eue mille fois. Nous n'arriverions, au bout de la mille et unième fois, qu'à constater que tu n'aimes pas le sport et que j'aime le sport… Pourquoi cette parenthèse ?

— Je n'en sais rien. Le sujet, en principe, est la lâcheté.

— Ah oui, voilà : tes yeux. Tes yeux sont trompeurs,

comme ton corps. Ils font croire que tu es pur et clair alors que tu ne l'es pas du tout. Tu es assez pervers et même cruel. Je m'étais fourvoyée complètement, au départ...

— Mais !

— Mais j'ai découvert ta manière de penser, de t'exprimer et j'ai été séduite une deuxième fois. Je te trouve très séduisant quand tu parles.

— Continue, continue, j'aime les compliments. Dis-moi que tu m'adores.

— Arrête ! Arrête tes gamineries. Tu es trop vieux pour ça.

— On n'est jamais trop vieux pour ça. Je ne me lasserai jamais d'être courtisé par une femme.

— Arrête... Où en étions-nous ? Je suis perdue...

» Je suis vraiment perdue, Charles. Si ces rencontres ne sont pour toi que de simples distractions, pour moi elles sont importantes. Je compte sur elles, pour m'aider à trouver mon équilibre.

— Qu'est-ce que tu racontes ! Toujours des drames, tu vis dans le drame.

— C'est comme ça, tu n'es pas sportif et je suis dramatique. D'ailleurs je trouve que je suis plus tragique que dramatique, enfin passons... La vie que j'ai décidé de mener maintenant est à l'opposé de ce que j'ai vécu jusque-là. Je ne suis pas certaine de tenir le coup.

— Qu'est-ce que c'est que cette nouveauté ? De quoi parles-tu ? De ta retraite ?

— En quelque sorte, mais pas tout à fait... Nous ne nous sommes pas beaucoup vus à l'époque où j'ai pris cette décision. Un jour j'en ai eu assez du grand reportage...

— Ah ça ! J'étais là, à Paris. Nous n'avions jamais vécu aussi longtemps ensemble depuis notre jeunesse. Tu n'arrêtais pas de dire : « Rien ne ressemble à une guerre comme une autre guerre. Rien ne ressemble à une famine, un tremblement de terre, ou une insurrection comme une autre famine, un autre tremblement de terre », etc.

— J'en avais assez de vadrouiller à travers le monde, de prendre des avions au vol, ou presque, de voir des gens se battre, mourir ou naître, c'était désespérant à la longue. Alors j'ai décidé de rentrer. Oui, c'est vrai, tu étais là, mais je ne t'ai pas parlé ou très peu... La vie dans la rédaction d'un magazine parisien, c'est encore plus désespérant que ce qui se passe dans le reste du monde. Quelle prétention ! Quelle mesquinerie !

— Tu me paraissais évoluer là-dedans comme un poisson dans l'eau.

— Tu n'as jamais rien compris à mes angoisses. Il faut dire, à ta décharge, que je te les cache : elles te font fuir... Enfin, j'ai décidé de prendre ma retraite alors que j'aurais pu rester au journal un peu plus longtemps. Je voulais voyager, cette fois-ci pour mes convenances personnelles.

— Je me souviens très bien. Il n'y a pas si longtemps. C'est quand je suis parti pour l'Amérique latine, le Mexique, la Bolivie...

— Ce n'est pas pour ça que j'ai décidé moi-même de partir...

— Je m'en doute.

— ... Ça n'a pas marché non plus. Toujours bouger ! J'ai eu l'impression que j'avais passé ma vie à fuir, à me fuir. J'ai eu l'impression d'être lâche. Dans ma profession on me considérait comme quelqu'un de courageux. Je me vivais comme telle. Est-ce que je m'étais trompée ?... Alors je me suis installée en Provence, pour faire le point.

— Tu aurais dû te mettre carrément au bord de la mer, tu l'aimes tant.

— Il y a trop de monde là. J'en ai assez des gens.

Depuis quelques minutes Charles n'écoute plus Lula. Il lui donne la réplique, il lui donne le change, et elle le prend.

En réalité il pense à tout autre chose : son esprit est resté accroché à certains mots que Lula a « lâchés ». Charles est en alerte, comme un animal qui flaire la proie ou le danger. Elle a dit : « Tu prends nos rencontres pour une distraction. Pour moi elles sont importantes, etc. » Il n'aime pas ça. Toute sa vie il a renâclé devant la dépendance, celle qu'il risquait de subir, celle qu'il risquait de créer. Il y voit un réseau complexe d'attitudes affectées, de chantages, de renoncements, de trahisons intimes, de bassesses. Il se redit une vieille formule qu'il avait fabriquée à son usage en un temps où plusieurs engagements contradictoires lui étaient tombés sur le dos. « L'attachement mène à la dépendance, à l'addiction. C'est le chemin de la passion, je ne le prendrai jamais. » « Tu es un arbre », lui avait dit une collaboratrice dans une entreprise de diffusion culturelle dont il avait été le président. Cette façon de le qualifier l'avait profondément indisposé. Après une courte période d'exercice, il avait démissionné de son poste. Un arbre ! En tout cas pas un arbre qui nourrit des parasites, encore moins un arbre aux branches duquel des gens se pendent ! Tiens, je deviens méchant, pense-t-il.

Il revient à Lula, à sa voix chaude, son beau regard un peu perdu, ses mains aux longs doigts, sa présence qui toujours, depuis tant d'années, le bouleverse. Il sait le pouvoir qu'elle a sur lui. Il essaie de le tempérer. Il relance le jeu. « J'en ai assez des gens », a-t-il entendu.

— Moi les gens m'amusent. Ils me distraient. Ils me tirent de moi-même. Quelquefois c'est dans un sens qui me convient et cette distraction m'enrichit, me fait découvrir des terrains du monde ou de moi que je ne connaissais pas et j'adore les aventures. D'ailleurs, à ce moment-là, ce ne sont plus des gens, mais des personnes avec qui j'ai l'impression d'inventer. Les gens qui me pompent l'air ou la sève me sont très vite insupportables.

— Qu'est-ce que tu fais alors ?

— Je coupe.

— Tu es cruel.

— Disons que je ne suis pas très aimable. Ce que je fais vaut mieux que ce que je suis.

Lula commence à être excédée par ces formules que Charles n'arrête pas de déverser. Ce sont comme des coups de boutoir qui, à chaque fois, la désarçonnent. Elle se demande si elle fait bien de s'engager avec lui dans toute cette histoire d'entrevues hebdomadaires ; cette mécanique soudain l'effraie. « Pour trouver mon équilibre, ce n'est peut-être pas ce qu'il y a de mieux », pense-t-elle.

— Mon pauvre Charles, c'est plus fort que toi, tu mets tout en formules.

— Je formule tout, ce n'est pas pareil.

— Oui, enfin, si tu veux.

Lula se demande comment Charles se débrouille pour être à la fois aussi honnête et aussi malhonnête. Au bout de quarante et quelques années il l'agace toujours autant. Pour se calmer elle pense : il est irresponsable. Mais, à peine a-t-elle pensé cela qu'elle est obligée de corriger : avec Charlotte il a été parfaitement responsable au moment où il fallait qu'il le soit. En riant, elle dit :

— Tu m'énerves.

La nuit est venue, le soir plutôt, car il y a encore dans le ciel, sur le ventre des nuages de l'ouest, les reflets roses du soleil couchant. Elle dit :

— Ça ne te dirait rien de sortir ? Nous pourrions prendre un verre et dîner dans un petit bistro que je connais, où c'est très bon.

— Tu es une femme géniale, je commençais justement à me sentir l'estomac dans les talons. Sans compter qu'une marche me fera du bien.

— En tout cas moi, j'irai en auto. Je déteste toujours autant marcher, tu sais.

— Mais c'est impossible de se garer dans Avignon.

— Il y a le parking du palais des Papes.

— À vos ordres, Majesté.

Il se lève, fait des saluts de théâtre devant elle, s'incline, traîne jusqu'à terre un chapeau imaginaire, se redresse, lui offre son bras. Elle dit en souriant un peu :

— Tu ne te lasseras jamais de faire l'imbécile.

— Jamais.

La soirée est douce. Ils décident de dîner dans le petit jardin à l'arrière du restaurant. De là ils voient un pan de muraille du palais des Papes.

Lula dit :

— D'où vient qu'il y a tant de noblesse dans ce mur ? Ce n'est qu'un mur après tout.

— Il est très haut, ses pierres sont splendides et il y a des siècles qu'il s'élève là.

— Aveugle, immobile. Il a été fait pour imposer le respect, pour faire peur.

— Il continue à le faire. Je le trouve impressionnant.

Un serveur apporte un seau avec du champagne, et deux flûtes. Lula un peu étonnée questionne Charles du regard. Lui :

— Je l'ai commandé au passage, en entrant. J'ai eu l'impression tout à l'heure que ton humeur tournait à l'aigre et qu'il te fallait ça pour te réconcilier avec moi.

— Tu as raison, comme toujours.

Ils se laissent servir. Le garçon s'éloigne. Ils boivent un peu de champagne. Ils s'entendent bien, ils le savent et en jouissent silencieusement. Lula tend sa main, Charles la prend, la pose sur la table. Ils restent un long moment à contempler le mur. Puis Lula :

— Je n'ai aucune nouvelle de Charlotte, et toi ?

— Moi non plus. Tu sais, là-bas, la chaleur va venir vite. Je crois qu'elle fait faire des travaux dans leur maison d'été, enfin d'hiver, ça doit l'occuper.

— Ça fait un bon moment que je ne l'ai pas vue. Elle me manque. Je devais y aller en février et puis il y a eu un contretemps. L'Australie c'est vraiment loin.

— Elle a sa vie là-bas.

— Elle ne me laisse jamais longtemps sans nouvelles. Mais là, depuis deux mois, rien. Le silence. Je m'inquiète.

— Elle te croit au Brésil encore. C'est la première fois que tu nous fais le coup de ne pas nous prévenir. Et puis, que veux-tu, pas de nouvelles bonnes nouvelles. Pourquoi tu ne l'appelles pas, toi, si tu en as envie ?

— Je ne veux pas jouer les emmerdeuses.

— Tu en as envie ?

— Je ne veux pas. C'est tout. Appelle-la, toi.

— Je n'en ai pas envie.

Le dialogue achoppe pour de bon. Charlotte est un sujet délicat. Ils se connaissent assez pour savoir que s'ils s'engagent plus avant, la soirée sera perdue. Ils se taisent, examinent le menu, laissent la nuit de printemps, le mur de belles grosses pierres quadrangulaires, le parfum de friture à l'huile d'olive, les iris dans les plates-bandes du jardin, et aussi le plaisir d'être ensemble, jouer leur rôle. Ils s'apaisent. Ils seront bientôt capables de se regarder, de parler, de quoi déjà ? Ah oui de lâcheté. Par lâcheté ils auront l'un et l'autre le courage de chasser leur dissension et de poursuivre leur entretien.

Charles est troublé. La personne même de Lula le trouble. En fait, il ne sait pas, il n'a jamais su, la nature de l'attachement qu'il a pour elle. Et pourtant cet attachement est incontestable. Cette femme fait partie de sa réalité. Il se demande si l'importance que Lula a pour lui ne vient pas de ce qu'il ne cesse de fabuler à son sujet. Les hasards de l'existence ont fait qu'ils ont toujours eu des rapports en pointillé. Au début, quand ils se sont rencontrés, à l'époque où ils étaient étudiants, ils ont vécu près de six ans ensemble. Mais, à part ça, leurs moments de vie commune continue n'ont jamais excédé quelques mois. La plupart du temps c'étaient des rencontres de quelques jours ou de quelques semaines et presque toujours dans des lieux différents. Il ne la place pas dans un cadre fixe, à la différence de Françoise qui a vécu avec lui dans leur maison de Valenciennes et qu'il n'en pourrait pas dissocier.

Son idée de Lula est soumise au jeu des souvenirs contradictoires ou aux fabrications du désir. Il ne la retrouve jamais telle qu'il l'a imaginée. Elle le surprend soit par l'apparition d'un trait de caractère qu'il ne soupçonnait pas, soit par la permanence d'attitudes qu'il croyait périmées. Il ne sait pas qui est Lula, on ne sait jamais qui sont les autres. On peut tout juste superposer des images et, au bout du compte, comme dans les portraits robots, une image synthétique apparaît. Mais qui tire les clichés ? Des gens qui connaissent Lula lui ont rapporté des faits, des paroles, des engagements où elle se serait livrée, des gestes précis inimaginables venant d'elle. Ces gens parlaient d'une Lula qui lui était étrangère. Il écoutait sans entendre. Il ne contredisait pas.

Charles pense à tout cela en fumant une cigarette. Il se rappelle la réplique d'un personnage de théâtre jouant les Hamlet de parodie : « Qui sait ? Qui sait quoi ? Qui sait qui sait quoi ? Qui c'est qu'c'est qui sait quoi que ce soit ? » Il sourit à la nuit de printemps. Lula dit :

— Je trouve que nous avons assez parlé de la lâcheté.

— Nous n'en avons rien dit.

— L'essentiel. À savoir qu'on la prend souvent pour un manque de courage mais qu'elle peut être autre chose.

— C'est toujours un manque de quelque chose.

— Oui, mais une certaine lâcheté peut être considérée comme de la tolérance, du respect pour la liberté des autres…

— On voit bien que tu n'es pas lâche !

Charles a fait une grimace en la coupant. Ils rient. Charles enchaîne :

— Peut-être faudrait-il décider à l'avance du sujet de la prochaine rencontre. Tu vois, aujourd'hui, j'ai été pris de court…

— Tu n'as pas eu le temps de te masquer.

— Allons, tu me connais. Je ne sais pas rester caché longtemps… Mais, sans blague, tu ne trouves pas que ce serait mieux si nous pouvions y penser pendant toute la semaine ?

— On peut essayer. Et cette fois-ci le choix t'appartient.

— Il est tout trouvé : l'Histoire. Le grand dépotoir des héros et des lâches. On y va ? C'est moi qui paie aujourd'hui.

Elle va chercher sa voiture pendant qu'il règle l'addition.

Elle le dépose à la porte de son immeuble et démarre vite. Elle a envie d'être seule.

Troisième jeudi

Il va donc falloir qu'elle reste une semaine avec l'Histoire en tête. Ce n'est pas ce sujet qui la distraira.

Pendant plus de vingt ans Lula a été grand reporter, elle a vécu l'Histoire pas à pas, mot à mot, jour après jour. Elle en a gardé un goût amer : peu de ceux qui font l'Histoire ont voix au chapitre. L'Histoire appartient à ceux qui la gèrent : une petite poignée d'hommes, « les héros et les lâches » dont Charles a parlé avec un air gourmand en proposant le sujet. On aurait dit qu'il proposait à Lula de jouer « aux gendarmes et aux voleurs » ou « aux cow-boys et aux Indiens ». Des jeux de garçons. L'Histoire leur appartient.

Elle pense à ça en binant ses plants de tomates qui commencent à fleurir. Le printemps est chaud, la nature va vite cette année. Les cerises gonflent déjà sur les arbres et pourtant sous les branches, au sol, subsiste encore le fragile tapis blanc de leurs fleurs fanées.

La nature, l'Histoire, c'est pareil, ça se fait en même temps que ça se défait.

Elle est en Provence, dans son potager, mais sa réflexion la mène ailleurs, loin, dans la forêt québécoise où elle a vécu tout un mois pour un reportage sur les Montagnais, les caribous, le barrage de la baie James.

La forêt primaire du Québec se nourrit d'elle-même. Elle est impénétrable à cause de ça, à cause du fait qu'elle est son propre repas et que pour se manger il faut qu'elle s'entrelace, s'entremêle, s'entrecroise. On ne peut pas pénétrer dans le bois du Québec sans s'armer d'une machette et sans chausser des cuissardes, car on peut enfoncer jusqu'aux genoux dans le produit de ses digestions qui sentent fort le pourri, l'humus, le champignon. Il y fait sombre même aux plus beaux jours de l'été.

Lula se redresse, elle est reprise par ses obsessions, par la présence de la mort qui se confond avec la vie. La mort est une forme de vie. Un cadavre est un trésor d'énergies pour les plantes et les animaux qui s'en repaissent.

Elle ne parvient pas à se penser en tant que matière seulement, elle n'arrive pas à se réfléchir comme ça. Elle est étrangère à son estomac qui est pourtant une partie d'elle-même, autant que son esprit qui est cependant impalpable, autant que ses mains pleines de terre qu'elle pose sur ses cuisses. Elle pense que son estomac a des affinités et des dégoûts qui ne sont pas les siens et qu'il est pourtant elle-même. Elle a toujours eu cette schizophrénie, cette dissociation, cette ambiguïté, qui l'ont épouvantée à certaines époques de sa vie, l'ont poussée plus d'une fois à accomplir des actions téméraires que les autres ont jugées courageuses, voire héroïques, alors qu'elle ne les avait entreprises que pour se fuir, pour fuir sa matière, ce qu'il y a en elle de végétal, de végétatif…

Elle va chercher son chapeau de paille car elle supporte mal le soleil. Chemin faisant, elle continue à penser aux cellules de son corps qui peuvent effectuer plus de deux cents sortes de travaux différents suivant qu'elles appartiennent à sa peau, à ses os, à ses reins, à son cerveau, à ses cheveux… Elles savent une quantité de choses que Lula ne sait pas. Ainsi la vie de son corps est en train de se faire sans elle, une vie qui va la détruire, elle, Lula, puisque sa mort est inévitable. Elle n'aime pas ça. Elle voudrait décider de sa destruction, ne pas se laisser prendre par sa propre matière…

À présent, parce que cela fait longtemps que son corps fonctionne et s'use sans poser de problèmes, elle a moins peur de lui, elle s'y habitue. Il ne risque que de mourir. Quand on a passé soixante ans, la mort est moins grave… elle devrait l'être… elle n'ose pas se dire que sa mort l'effraie.

Penser à l'Histoire, pour Lula, c'est penser à la matière, ce n'est pas s'enfoncer dans les dates et les noms, les hauts faits d'armes, et les basses besognes des gens célèbres.

Elle ne retourne pas à ses tomates, leur odeur est trop charnelle. Elle choisit de réparer une pioche dont la tête branle. Il faudrait la caler avec un clou. Elle s'installe à l'ombre d'un tilleul avec du bois, du fer, un marteau. Elle admire la forme de l'outil qu'elle veut réparer, il est la parfaite réalisation d'un projet précis : gratter, creuser, aérer la terre en superficie… Les projets des gens, les objets qu'ils créent pour réaliser ces projets, la nécessité, ensuite, de réparer les objets… C'est ça l'Histoire.

Elle se souvient, elle avait commencé par la Pologne son tour du monde de retraitée. Le pays venait d'être libéré du communisme.

Elle se souvient, en Silésie, d'alambics géants. Des intestins métalliques sillonnaient l'espace. Énorme résille de boyaux rouillés lancés à travers un paysage qu'on aurait dit campagnard à cause de certains verdoiements, et de pauvres arbres rongés par la pollution, de loin en loin. Dans le ciel s'accumulaient les nuages des mauvaises combustions que des cheminées très hautes crachaient jour et nuit.

Elle se souvient, à Cracovie ça empestait, comme dans les gares de son enfance, à l'époque où les locomotives marchaient au charbon.

Des gens vivaient là, des Polonais, des Occidentaux de la fin du XXe siècle. Pas des bêtes, non. Pas des insectes condamnés à l'emboucannement de quelques titanesques apiculteurs, non. Des enfants, des femmes, des hommes, qui crachaient leurs poumons, qui croyaient que la vie c'était ça, que la planète c'était ça. Ils ne connaissaient que ça. Rien n'avait été réparé depuis plus de quarante ans...

Là, du côté de Katowice, d'Auschwitz, de Birkenau... en Silésie.

Mais loin de là, aussi, passé l'Europe, passé l'Atlantique, au sud, au Mexique : pareil, elle avait vu des gens comme des bêtes.

Lula a fui la Pologne pour aller en Amérique latine qu'elle connaît peu. Mexico d'abord, où elle rencontrerait peut-être Charles. Après, elle verrait.

Charles est déjà parti pour la Colombie, alors elle fait la touriste à Mexico.

Elle embarque dans un autocar avec d'autres étrangers. Ils ont tous en main des guides touristiques qu'ils consultent avant le départ, ils préparent leur visite de Teotihuacán. Lula fait de même et note qu'à un moment donné, sur sa droite, elle apercevra, si le temps le permet, le Popocatépetl (5455 m). Elle devra veiller à ne pas le manquer. Elle pense à ce volcan et au lac Titicaca qui font la joie des écoliers français. Elle sourit, voilà un bon début.

Le car démarre, il commence par traverser les innombrables collines de la banlieue de Mexico. Lula regarde par la fenêtre, elle ne voit rien d'autre que des cabanes empilées jusqu'au ciel, des deux côtés de la route. Masures de torchis, de planches et de tôles, juchées les unes sur les autres jusqu'en haut des terres pentues, ne laissant voir du sol que des chemins de poussière ou de boue qui serpentent parmi des cahutes de misère. Ceux qui vivent là croient que ce sont des maisons, de vraies maisons, que ce sont des rues, de vraies rues. Il y a des numéros peints au goudron sur les planches des portes, et des réverbères, qui, de loin en loin, la nuit, doivent dispenser une lumière blanchâtre couleur de viol. Elle regarde des enfants qui jouent avec des chiens maigres. Elle regarde une femme enceinte, à laquelle s'agrippent deux petits et qui remonte son marché jusque chez elle. Elle regarde des voitures américaines, carrossées de rouille, grimpant péniblement les ruelles infectes en éructant des rots vaporeux. Elle regarde la végétation des antennes de télévision. Elle regarde un bougainvillier rose comme le bonheur qui jaillit des entassements sordides. Elle voudrait voir le ciel, elle ne le voit pas, il n'y a que de l'air blanc là-haut, très haut, au-dessus des clapiers à gens.

Visite de Teotihuacán au milieu d'un essaim de marchands de pacotille. Ils ont tellement des têtes d'Indiens qu'on pourrait croire que, le soir venu, quand les sites archéologiques et les musées sont fermés au public, ils retournent prendre leur place dans les bas-reliefs des monuments toltèques ou aztèques. En attendant ils essaient de vendre de petits bonshommes et de petites bonnes femmes, en pierres de couleur, qui leur ressemblent. Ils restent au bas des pyramides. Ils ne regardent pas les troupeaux de touristes qui s'éreintent à gravir les hautes marches grises de leurs temples.

Lula, soudain, est écœurée par les escaliers absurdes, par le déraisonnable serpent à plumes, par les offres d'achat psalmodiées comme des prières de deuil. Il lui tarde de s'enfermer dans sa chambre d'hôtel, loin de ces splendeurs et de cette indigence.

Elle doit faire, en sens inverse, la honteuse traversée de la banlieue de Mexico.

Pendant des kilomètres et des kilomètres, de nouveau, la géographie accidentée des bicoques entassées, enchevêtrées les unes dans les autres. Des millions de baraques copulent et accouchent simultanément d'une humanité petite et trapue, aux cheveux noirs, au nez busqué et aux yeux brûlants. Descendants directs de ceux auxquels le calendrier sacré avait prédit, cinq cents ans auparavant, la date précise du retour de leur dieu. Or, ce jour-là justement, Cortés, le conquistador, débarquait sur les côtes du Mexique… Cinq siècles plus tard ces gens s'entassent dans des tanières au torchis desquelles sont accrochées des images de madones extatiques et de christs aussi ensanglantés que les victimes suppliciées du grand Aztèque… et du grand conquistador…

Cette immense misère, si proche des trésors des États-Unis, logée dans les ordures américaines, avait révolté Lula. Bien plus que les autres misères qu'elle avait rencontrées, celles d'Afrique, celles d'Asie. Le dénuement mexicain, à cause de la proximité du « rêve américain », l'avait indignée. Pour ne plus crever de faim, suffisait de faire quelques kilomètres à pied, en se promenant. Mais la frontière était bien gardée : « Touchez pas à mes sous ! »

Lula a réparé son outil. Il fait beau, l'air est tendre, presque onctueux. Elle se dit qu'elle ne racontera pas tout ça à Charles. Que ce n'est pas comme ça qu'il raconterait la Pologne ou le Mexique, lui.

Charles, de son côté, a eu une semaine très occupée. « Il n'y a rien de plus crevant que la retraite », dit-il souvent. Outre son travail de documentation à la bibliothèque d'Avignon (il croit avoir découvert de nouveaux éléments dans la tentative d'Urbain V de reprendre pied à Rome en 1367), il a écrit un article pour la Revue de musique ancienne. Il a passé le week-end à Montpellier, invité par un couple de jeunes archéologues qu'il avait accueillis à Amman une dizaine d'années auparavant, lorsqu'il était conseiller culturel en Jordanie. Mardi, il a reçu chez lui, tout l'après-midi, une journaliste avignonnaise qui l'interviewait sur un livre de photographies dont il avait écrit la préface. Lucy Carr. Drôle de nom pour une personne dont l'accent fleurait l'olive et la lavande. Une belle femme mûre qui ressemblait à son accent. L'entrevue s'était prolongée. Charles avait pris plaisir à éblouir Lucy Carr, à l'intriguer, à lui poser des questions, à la mettre en situation de briller, bref, à la séduire. En le quittant elle lui avait laissé sa carte : « Il y a mes deux numéros, avait-elle dit. Vous pouvez m'appeler au journal ou chez moi. » Avant de refermer sa porte il lui avait adressé un petit geste désuet de la main. Et, la porte refermée, il s'était moqué de lui-même : « Pourquoi est-ce que je fais des trucs comme ça ? » Ça ne lui déplaisait pas de se prendre en flagrant délit d'insignifiance.

D'un seul coup, mercredi soir, il se souvient qu'il rencontre Lula le lendemain. Il l'appelle aussitôt :

— Tu sais, j'ai eu l'idée qu'on pourrait se voir ailleurs que chez toi ou chez moi.

— Ah oui. Où ?

— Il y a un très bon restaurant du côté de Carpentras. On fera chacun une moitié du chemin.

— D'accord.

Il lui donne l'adresse et :

— À demain vingt heures. L'histoire ?... Quelle histoire ?... Ah, oui ! L'Histoire ! Évidemment, je n'ai pas oublié. À demain !

Il raccroche et devient soucieux.

Il avait oublié l'Histoire. Ce n'est pas ça qui l'inquiète, il sait ce qu'il pense de l'Histoire. De longue date il a appliqué sur ce sujet tout l'arsenal de ses connaissances, son matériel de citations, et aussi les roueries de son cynisme. Non, ce qui l'inquiète c'est l'importance que Lula semble attribuer à leurs rencontres. Il se méfie du sérieux de Lula, non qu'il le méprise ou qu'il n'en comprenne pas les raisons, mais il sait par expérience que c'est un sérieux contagieux auquel il se laisse prendre. Lui-même devient grave, ou fait semblant de l'être. Il est assez lucide pour constater que l'esprit de sérieux ne lui convient pas, qu'il s'y débat lourdement et, se croyant profond, ne parvient qu'à être pompier.

Afin de se rassurer, il se remet en tête quelques souvenirs de Lula et lui faisant des folies. Il se force à élaborer une image légère et amusante de leur rencontre du lendemain.

Lula a accepté avec plaisir de dîner à Séguret. Elle connaît le restaurant, il est situé en haut d'un joli village d'où la vue sur la plaine d'Avignon est superbe. D'ailleurs elle rappelle Charles pour avancer leur rendez-vous à dix-neuf heures : « Parce qu'il ne faut pas rater le coucher de soleil. »

Pourtant le jeudi matin elle pense que, finalement, elle aurait préféré Avignon. Les villes lui manquent un peu. Avignon n'est pas une grande ville, mais, à cause du Festival, elle garde en toute saison des allures de métropole. Il y a de jolis magasins, des bistrots, des cafés amusants, de la circulation, des affiches qui témoignent de fastes récents ou futurs : des premières, des galas, des concerts « exceptionnels », des conférences « internationales »... Elle ne se sent pas perdue en Avignon. Tandis qu'à la campagne, souvent, quand elle se trouve confrontée à la réalité de la nature, à la vérité du vivant, parce que ça bourgeonne, ça crève, ça fermente, elle est prise d'un vertige qu'elle qualifie de cosmique, qui l'effraie. Pourtant elle avait voulu être là, et elle s'y plaît, mais certains jours elle préférerait se trouver plongée encore dans l'insignifiante et poignante agitation des gens. Ne serait-ce que pour se dire qu'elle est consciente de cette insignifiance et de cette agitation. En ville elle se sent unique, à la campagne, souvent, elle a l'impression d'appartenir à un ensemble, elle est un rouage, les commandes lui échappent.

Et puis, pour parler de l'Histoire, Avignon c'est mieux : l'Histoire s'y voit. Enfin tant pis, il est trop tard pour changer le rendez-vous.

Connaissant Charles, elle imagine qu'il a déjà réservé une table précise, et qu'il s'est assuré de l'existence d'un certain vin, d'un certain champagne, dans la cave du patron. Charles a un côté metteur en scène qui est parfois touchant, parfois exaspérant. Et il déteste qu'on ne suive pas ses plans quand il en a. Alors autant faire contre mauvaise fortune bon cœur, se dire que Séguret est tout près, qu'après dîner ils viendront boire un dernier verre chez elle, que peut-être il restera dormir là, que ce sera agréable.

Du coup elle décide de rafraîchir les bouquets de la maison et elle tombe dans le ravissement de ses fleurs. À cette saison elles sont d'une beauté ! Les anémones, les renoncules, les jacinthes, les narcisses, les pensées, les tulipes, les pivoines. Leurs parfums, leurs couleurs. Quel privilège d'avoir tout ça !

Son après-midi entier se passe à composer quatre bouquets. Celui, énorme, du salon l'a fait grimper en haut de la colline pour trois branches d'aubépine et deux branches d'églantier qui iront avec les tulipes roses. Un petit bouquet de pensées sauvages et de primevères pour la table basse du salon ; elle aime beaucoup les visages sérieux des pensées, leur présence attentive. Un bouquet de narcisses et d'anémones dans l'entrée. Et dans la salle de bains, des jacinthes mêlées à des brins d'if, vert sombre, qui font vibrer la blancheur du lieu. Elle pense à Charles avec tendresse se disant qu'elle aussi fait des mises en scène…

« Son Charles », cela fait si longtemps qu'elle le connaît. Tient-il autant à elle qu'elle tient à lui ? Oui, sinon ils ne se verraient plus, il est tellement égoïste. Pourquoi la verrait-il s'il n'en avait pas envie ?

Elle charge la cheminée, bloque soigneusement les bûches avec les chenets, il y aura encore des braises.

En arrivant au restaurant elle a la tête en fête. Charles est déjà là avec son inévitable bouteille de champagne et deux flûtes.

C'est à peine s'il dit bonjour à Lula, à peine s'il mentionne le coucher de soleil. Immédiatement il se met à parler. On dirait qu'il fait un cours :

— J'ai eu une formation d'historien et j'ai enseigné l'Histoire une partie de ma vie. Maintenant encore, la petite cuisine de la recherche historique me passionne, et le temps que je passe à fureter dans les bibliothèques, les musées, les registres d'église, les actes notariés, est un temps béni qui coule comme de l'eau fraîche. La pensée que les faits du passé sont cachés quelque part et qu'il suffit de les chercher pour les mettre au jour m'exalte. Une exaltation de croyant ou d'amoureux. Les tâches les plus fastidieuses de la documentation ne me rebutent pas, j'y trouve même une sorte de plaisir maniaque. J'aime l'odeur, la texture, la couleur des documents que je touche. J'aime l'Histoire.

» Et pourtant, ce n'est pas la vérité historique qui m'intéresse. Je ne suis pas de ces historiens qui s'acharnent à dénoncer les mythes. Ce qui m'amuse c'est de les enrichir de réalités contradictoires. Histoires, contes, épopées, mythologies, bavardages de veillées dans les chaumières, toutes ces affabulations se valent, jouent le même rôle. Elles appartiennent à la fonction fabulatrice qui est pour moi une des caractéristiques de l'être humain. Créer des objets et raconter des histoires, c'est le privilège de cette forme un peu particulière du vivant qu'est la race humaine. De génération en génération les hommes se transmettent des objets et des histoires. C'est leur dignité essentielle.

» Tu me diras : Les gènes portent des traces indélébiles du passé, aussi bien chez les végétaux que chez les animaux. Ils ont une histoire autant que nous. C'est vrai.

» Mais, tous ces jeux de la nature ce n'est pas la nature qui les raconte, elle se contente de les enregistrer dans sa chair. L'homme, lui, ne se contente pas de vivre, il raconte comment il vit : il fabrique ses documents, il invente, il ment, il enseigne. Il transforme le réel pour en tirer une plus grande jouissance, une plus grande puissance. C'est la règle de l'Histoire, de l'Art, de la cuisine.

De bonnes odeurs, riches et propres, règnent dans la salle à manger. Charles s'y complaît. Lula reste silencieuse, ce qui l'agace un peu, alors il continue :

— J'ai toujours fait une grande différence entre se nourrir et manger. Tous les êtres vivants, et même les machines, ont besoin de matière énergétique pour faire leur travail. Ils s'en nourrissent. Il n'y a que les humains qui sachent manger, qui puissent adjoindre à la satisfaction de leurs besoins la complication, la subtilité et les sophistications de la gastronomie. Je vois arriver la brouillade de truffes que nous avons commandée présentée sur son lit d'oseille, de fenouil et de poivron rouge, et dis-moi s'il n'y a pas là-dedans autant d'art, donc de mensonge, que dans *Le Printemps* de Botticelli, ou dans l'*Histoire de France* de Michelet.

Il bave de gourmandise. Lula lui sourit amusée.

Plusieurs fois elle a essayé de l'interrompre. Au tout début d'abord, quand il a dit que la recherche fait naître en lui une exaltation de croyant ou d'amoureux. Elle a levé le doigt comme une élève qui demande au maître de lui donner la parole. Mais il ne l'a pas laissée l'interrompre, il a fait signe d'un geste de la main qu'il voulait continuer. Elle n'a donc pas pu dire qu'elle ne le croyait pas fait du bois dont on fabrique les croyants et les amoureux.

Du coup, restant avec sa remarque en travers, elle a perdu le fil du discours de Charles. Son esprit s'est mis à errer et, dans cette distraction, un souvenir très précis s'est imposé :

C'était un matin à Paris au réveil. Ils étaient très jeunes, ils venaient de se rencontrer. Il étudiait l'Histoire, elle la Littérature. Elle s'était réveillée avant lui ; c'était une des premières fois qu'ils passaient une nuit dans le même lit. Elle le regardait dormir, il l'intriguait, il paraissait si pur, si innocent. Elle avait vite remarqué qu'il n'était pas habile dans les choses du sexe et, au lieu de s'en réjouir, de se dire : « Moi, fille du Sud, je vais l'instruire, l'éduquer à mon goût», elle avait au contraire ressenti de la honte et pensé qu'elle était impure.

Ce matin-là, à cause de ça, et peut-être, aussi, parce qu'il y avait du soleil dehors et que le volet de leur chambre était percé d'un losange par où passait un rayon doré qui parvenait jusqu'au lit, elle s'était sentie surveillée et jugée. Une culpabilité, dont elle croyait être débarrassée, a resurgi, intacte. Elle était coupable d'avoir fait l'amour en dehors du mariage et avec plusieurs hommes, trois exactement, elle avait désobéi aux règles des religieuses qui l'avaient instruite, aux règles de sa famille qui l'avait éduquée, aux règles de sa caste bourgeoise. Si elle venait à mourir, là, ce serait l'Enfer!

Pour repousser cette pensée stupide, ces enfantillages, cette affaire de jugement dernier et de diable, elle avait dû se retourner vivement dans le lit... Ou alors Charles avait-il ressenti sa peur? Toujours est-il qu'il s'était réveillé et l'avait regardée de ses yeux clairs, beaux comme le paradis... Tout de suite il avait glissé un bras en travers du ventre de Lula dans un geste possessif. Elle l'avait arrêté. Il l'avait questionnée du regard. Elle avait dit: «Tu crois en Dieu, toi?» Il avait souri, ri et: «Non. Absolument pas.» Sa réponse était très nette, très calme: non, il ne croyait pas en Dieu. Lula avait insisté: «Tu ne crois même pas qu'il y a un créateur, quelqu'un à qui il faut rendre des comptes?» Il avait répété: «Absolument pas» et fermé les deux portes bleues du paradis, signifiant que ce sujet l'ennuyait, qu'il allait se rendormir puisqu'elle ne voulait pas faire l'amour.

Ce souvenir avait occupé l'attention de Lula pendant un instant. Elle avait rattrapé Charles au moment où il parlait de falsification, où il disait que l'Histoire, les contes, tout ça, étaient des falsifications. À partir de là, de cette donnée — l'Histoire est une falsification — il avait enchaîné sur le mensonge qui est le propre de l'homme, sa «dignité» avait-il même précisé à un moment. Lula a pensé que quelque chose lui avait échappé, qu'elle n'avait pas entendu le début du raisonnement. À la fin, après l'entourloupette de Charles sur la brouillade de truffes et la cuisine qui est un mensonge de plus, comme il l'autorisait enfin à parler, elle dit :

— Tu as dit que l'Histoire est une falsification ?

— Enfin...

— Laisse-moi parler. Tu as employé le mot falsification et, ensuite, tu es parti sur le mensonge. Non ?

— En quelque sorte, oui.

— Pour moi, falsifier ça veut dire : altérer une apparence, donner une fausse apparence, avec l'intention de tromper. Tu es d'accord, c'est bien le mot falsifier que tu as employé ?

— Absolument.

— Si l'Histoire est une falsification, elle altère donc une apparence, quelque chose qui existe. Quoi ? Qu'est-ce que l'Histoire falsifie ? sur quelle matière l'Histoire s'exerce-t-elle ? Est-ce que tu en as parlé ? J'ai peut-être mal écouté.

Charles se sent piégé. Il était tellement satisfait de son petit discours que l'intervention de Lula l'agace :

— Décidément, tu ne raisonnes pas du tout comme moi, tu mélanges tout. Qu'est-ce que tu viens de dire ? L'apparence c'est ce qui existe ! Le mot existence m'énerve toujours. Peut-être à cause des fameuses « preuves de l'existence de Dieu ». Cette formule a encombré mon adolescence, elle m'a toujours paru absurde, les curés de mon collège me cassaient les pieds avec ça. On ne prouve pas ce qui existe et s'il est prouvé que Dieu existe on n'a pas besoin de croire qu'il existe.

» Je ne suis pas un philosophe. Tu te souviens du temps où nous discutions tous du fameux postulat de Sartre « l'existence précède l'essence » ?... J'ai vite compris que j'étais nul dans ce genre de débat. J'ai décidé de m'en abstraire. Je vous écoutais. Je me fermais la gueule, cela m'a permis d'entendre beaucoup de propos passionnés et clinquants. Nous étions une jeunesse sortie indemne de la guerre, avec ses deux fins apocalyptiques : les camps d'extermination et Hiroshima. Nous voulions nous trouver une valeur absolue, immédiate, sans référence et sans destin. Nous refusions la métaphysique mais en fait nous donnions dedans tête baissée : le guet-apens de l'absurde. Beckett.

» Bon, je déraille. Je n'arrive pas à te répondre directement. Je vais répondre à côté.

— Comme d'habitude.

— Comme d'habitude, si tu veux…

» J'aime le théâtre, tu le sais. Je me suis souvent demandé pourquoi j'aimais le théâtre, alors que la plupart des spectacles de théâtre auxquels j'assiste me déçoivent. L'art théâtral en lui-même me fascine. C'est une célébration pathétique du mensonge, de la falsification, si tu préfères. Et il y a là un mystère très étonnant. Alors que dans la vie courante, nous autres, les gens banals, nous n'aimons pas être trompés, comment se fait-il que dès ses origines l'humanité ait organisé de tels rituels de la tromperie : le danseur qui joue le jaguar, la femme qui joue l'amoureuse, l'homme qui joue le roi ou le traître. Ces interprètes ne sont pas le jaguar, l'amoureuse, le roi et le traître. Ils font « comme si ». On le sait. Qu'est-ce qui est vrai dans le théâtre ? Rien. En revanche tout est réel. Tout a le poids et la fragilité du réel : la présence des comédiens, l'odeur, la chaleur de la salle, les réactions du public, les mouvements de la machinerie, les jeux du son et de l'éclairage, et même les événements qui se passent à l'extérieur du théâtre. J'ai assisté à des spectacles à Prague durant le printemps 68. Il suffisait qu'un acteur dise, dans une mauvaise pièce de boulevard français : « La fenêtre est ouverte », pour que toute l'assistance se lève et entonne un hymne à la liberté…

» Pour en revenir à l'Histoire : l'Histoire comme le théâtre est une façon mensongère de raconter les choses, de les corrompre en leur donnant une forme séduisante et impure. Or l'impureté du théâtre est pour moi le symptôme de sa vitalité. C'est comme dans la vie : les gens purs m'ennuient. Je les admire mais ils m'ennuient. J'ai le sentiment qu'ils me disent toujours les mêmes choses, ils radotent, installés dans leurs vérités immuables, avec lesquelles il ne s'agit pas de jouer. Je n'ai plus du tout le désir de savoir lorsqu'une personne me dit qu'elle m'aime ou me déteste si c'est vrai ou pas, je prends les choses à la lettre et m'en arrange.

— C'est-à-dire ?

— Je marche ou je m'efface.

— Tu es une anguille.

» Je me demande pourquoi toutes ces simagrées à propos d'un sujet que tu as choisi, qui est ta spécialité pardessus le marché. L'Histoire est du théâtre. Si c'est ça que tu veux dire, je ne peux pas, étant une femme, ne pas être d'accord avec toi, puisque l'Histoire fait « comme si » les femmes n'existaient pas. Mais je ne crois pas que l'Histoire mente, je ne crois pas qu'elle soit consciente de mentir en excluant les femmes. Ce serait trop beau. Je crois que ceux qui la font pensent réellement que les femmes n'ont aucune importance historique. C'est grave, c'est très grave, pour nous les femmes.

» Ta légèreté à ce propos est le fait d'un homme, d'un mec. Changeons de sujet, parlons d'autre chose. Tiens, par exemple, veux-tu que nous parlions de la brouillade qui est dans notre assiette ? moi, je trouve qu'elle manque de truffes. Qu'est-ce que tu en penses ?

— L'Histoire et les femmes, c'est ça qui t'intéresse ? La mythologie et les femmes. Le théâtre et les femmes. Les contes et les femmes. L'art et les femmes. C'est ça que tu veux ? Allons-y !

» Je crois que si tu acceptais de me suivre dans mon raisonnement, nous tomberions vite d'accord. Je dis que tout art, toute façon de raconter la vie est falsification. Chacun de nous ne falsifie pas forcément par malveillance explicite mais en fonction de ce qu'il est. De même chaque époque, chaque civilisation a falsifié le réel vécu selon ce qu'elles étaient. Or jusqu'à présent je ne connais pas de civilisation qui ait accepté le réel féminin comme nous pouvons (je ne dis pas que nous savons) le faire aujourd'hui. Je trouve que c'est une cause perdue que de chercher dans les documents du passé, des expressions véritablement assumées de la réalité féminine, tout simplement parce que ces expressions étaient à la charge des hommes, ou alors elles émanaient de quelques femmes exceptionnelles et très rares.

» Depuis à peu près cent ans d'instruction publique, depuis que les femmes ont eu officiellement droit à l'alphabétisation, l'écriture s'est répandue et c'est vrai qu'il existe une masse de documents écrits, qui touchent à l'intimité des femmes et qui peuvent aider enfin à bâtir une histoire autre, l'histoire à deux faces dont tu rêves…

— Je ne parle pas d'une histoire à deux faces, je veux parler de l'Histoire tout court. Charles, est-ce que tu es venu ce soir avec le désir de t'amuser avec moi, ou le désir de t'amuser de moi ?

— Ni l'un ni l'autre. En tout cas je ne m'amuserais pas de toi, je te crains, ma belle amie, tu es capable d'être cinglante et je n'ai aucune envie de souffrir. Non, je suis sérieux. Tu ne comprends pas, c'est tout.

— Tu ne réponds pas à mes questions, comment veux-tu que je te comprenne ? Je te demande depuis le début quelle est la matière falsifiée. Quelle est la matière de l'Histoire ? Et qui l'Histoire trompe-t-elle en falsifiant cette matière ?

— Tu veux que je te donne une définition de l'Histoire ? Et toi, comment définirais-tu l'Histoire ?

— Je dirais que l'Histoire est la trace laissée par l'humanité depuis qu'elle existe.

— C'est vaste.

— Tu te moques de moi !

» Tu ne m'as pas répondu non plus à propos des truffes de notre brouillade. En fait de falsification sais-tu que ce qu'on appelle truffe du Périgord est, le plus souvent, de la truffe du Vaucluse ? Il n'y a presque plus de truffes dans le

Périgord. Les paysans ont coupé et arraché les chênes en défrichant leurs terres pour y installer une culture plus sûre. La truffe est sauvage, imprévisible, et il n'existe aucune protection gouvernementale la concernant : pas de prime au rendement ou à l'arrachage, pas de dédommagement en cas d'inondation, de grêle, de sécheresse, etc. Aucune sécurité donc. La truffe exige des poètes et des gens libres, c'est peut-être pour ça qu'elle a un parfum et une texture exceptionnels. Il paraît qu'on est en train de mettre au point un détecteur électronique de truffes. N'ayant plus de mystère, il se peut que la truffe disparaisse… On verra.

Charles est enchanté. Il rêve, accoudé à la table, le menton enfoncé dans sa main repliée, les yeux plissés.

— Le réel mesurable, estimable, ça c'est le matériau de base. Ce que tu viens de raconter c'est presque une parabole. Ça pourrait servir à bâtir une histoire de la truffe. Ça pourrait aussi nous servir à entrer dans une mythologie agraire. D'ailleurs, je ne suis pas sûr qu'en cherchant bien on ne trouverait pas des dieux ou des déesses celtes, déguisés ensuite en saints chrétiens, avec leurs autels et leurs rites, qui en aient été les parrains.

» Ça pourrait aussi faire naître un conte. Tu veux que j'essaie ? Ça t'amuse ?

Elle lui fait un petit signe de la tête pour dire qu'elle s'en fiche, qu'il fasse ce qui lui plaît… Il commence :

— Voilà. J'affirmerai d'abord que ce que je vais raconter, je le tiens de ma grand-mère (je n'ai jamais connu mes grand-mères), de ma grand-mère périgourdine bien entendu (je ne connais rien du Périgord, sauf quelques noms, profession oblige). Tout cela pour renforcer la véracité de mon histoire.

» Je parlerai maintenant en enfilant les phrases comme sous le coup d'inspirations, avec de grands moments de silence sophistiqués pour laisser de nouvelles inspirations les remplir. Puis, je commencerai : « Il était une fois un homme bourru qui avait douze femmes noires… »

Lula sourit. Le ton de la voix de Charles a changé. Il joue un rôle. C'est peut-être lorsque, délibérément, il joue un rôle qu'elle le trouve le plus vrai et qu'elle le préfère. Lula :

— Vas-y ! Raconte-moi l'histoire de l'homme bourru aux douze femmes noires.

— Voilà. Il y avait un homme qui habitait dans les montagnes, du côté d'Issigeac. Il se nommait Johanès Truph. C'était un homme bourru qui vivait retiré dans sa maison de pierre. On le disait sorcier et les gens de la plaine allaient parfois le consulter pour conjurer les mauvais sorts. Pour prix de la consultation il n'acceptait que des pièces d'or et ceux qui l'avaient visité rapportaient qu'il avait pour meubles des coffres remplis d'or. Le mystère de l'homme bourru excitait la curiosité et la convoitise, mais on craignait ses pouvoirs et personne, de mémoire d'homme, n'avait jamais tenté de le dévaliser.

» Chaque année, à la foire de Pâques, il descendait en ville, menant son chariot que deux bœufs blancs tiraient. Il était accompagné de douze femmes noires en vêtements de brocart. Toutes différentes, toutes muettes. L'homme bourru dépensait ses écus sans compter et les douze femmes entassaient en silence les marchandises dans le chariot jusqu'à ce qu'il fût plein à ras bord. Puis l'homme bourru faisait un signe mystérieux aux douze femmes noires et tous ensemble, l'homme et sa compagnie, tournaient le dos au peuple et repartaient. On les accompagnait jusqu'à la limite des champs communaux. Ils disparaissaient ensuite dans les garrigues et les bois de montagne qui n'appartenaient à personne.

» La foire de Pâques, où apparaissaient l'homme bourru et ses douze femmes noires, était un événement pour toute la région, une manne aussi pour les commerçants et les mendiants de la ville qui, au soir, comptaient les pièces d'or dépensées par l'homme bourru et par les innombrables curieux qui affluaient de partout pour voir le phénomène. Ce qui intriguait plus que tout, c'était l'étrange cortège des douze femmes noires qui se renouvelaient chaque année, tantôt petites et grassettes, tantôt grosses et difformes, tantôt élancées et rebondies aux bons endroits, tantôt toutes droites avec un port de tête arrogant. Les bonnes langues s'agitaient et criaient au scandale, les mauvaises lâchaient des plaisanteries grossières sur ce cas de polygamie. Mais, dès la fin de février, tous se taisaient, attendant la foire de Pâques, impatients de voir réapparaître l'homme bourru et ses douze nouvelles femmes noires.

» Un jour le maître de la plaine réunit son conseil : le syndic des marchands, l'administrateur des eaux et forêts, le curé, l'instituteur et un ingénieur des mines venu de Périgueux. Le cas de l'homme aux douze femmes posait problème à tous. Il fallait le résoudre…

» On pourrait continuer comme ça.

— Continue.

— Non, je suis épuisé… Le sorcier traqué pourrait se transformer lui-même en cochon sauvage… Il pourrait enterrer ses femmes… Et puis je sens que je vais tomber dans la morale. Or, à la différence des paraboles ou des fables, les contes ne font pas de morale. Mais, si tu veux, je réfléchirai à mon histoire et je t'en donnerai la suite à notre prochaine rencontre.

— Ce n'est pas la peine de te fatiguer, je peux le faire à ta place. Voilà : des chercheurs (pas des chercheurs de truffes, des chercheurs dans ton genre), des chercheurs donc, découvrirent qu'à l'origine de la légende des truffes se trouvait un bûcheron taciturne vivant loin du monde en compagnie d'une ravissante petite truie rose. Pas un de ces spécimens pachydermiques qu'on exhibe dans les foires, au contraire, une truie ravissante, probablement mâtinée de sanglier, dont les soies étaient couleur auburn. Elle était d'une agilité incroyable. Elle gambadait comme un cabri, était gaie comme un pinson, et n'était pas du tout sale comme un cochon. Même elle embaumait la bruyère dans laquelle elle aimait se vautrer, ou la lavande, c'était selon les saisons ; le lit du bûcheron en était tout parfumé. Il la gâtait, la nourrissait de farces onctueuses, de gruau beurré, lui fabriquait des pains de glands, à peine salés, qu'il faisait dorer dans son four. Chaque matin il la regardait se baigner dans le lac de montagne qui jouxtait leur cabane.

» À ce jour, on ne sait pas si la truie avait un nom, les recherches dans ce sens n'ont rien donné. L'âge de la truie fut longtemps une énigme car le bûcheron mourut centenaire et on ne lui connut jamais qu'une seule et même truie. On parla donc de la « truie éternelle » du bûcheron, mais des études récentes démontrèrent que l'homme, à certaines époques, laissait sa truie se perdre dans la sauvagerie d'où elle revenait enceinte. Au moment de l'accouchement, il partait avec elle, encore plus haut et plus loin dans les montagnes, lui préparait une litière d'herbes douces où elle mettait ses petits au monde. La portant dans ses bras, il la ramenait dans la chaleur de leur chaumière laissant la progéniture de sa bien-aimée aux soins des sangliers et des laies. Quand une de ses truies décédait il n'avait qu'à capturer une de ses filles. Il la prenait très jeune, facile à apprivoiser, ressemblant le plus possible à sa mère. Ainsi, certains purent croire qu'il n'eut jamais qu'une seule truie, mais il est aisé de prouver aujourd'hui qu'il n'en fut rien. On ne parle plus guère de la « truie éternelle » du bûcheron mais de « l'éternelle truie », comme on parle de « l'éternel féminin ».

» Enfin, et c'est là le plus important de l'histoire, la truie du bûcheron, chaque mois de l'année, creusait un trou au fond duquel le brave homme n'avait qu'à recueillir une truffe magnifique, ronde, noire, superbe, qu'il allait déposer dans une anfractuosité du glacier tout proche ; car cela se passait à l'époque des grandes glaciations évidemment. Une fois l'an il descendait au marché de la ville avec douze belles truffes qu'il vendait à prix d'or. Trésor qu'il dépensait immédiatement pour acheter ce qu'il y avait de meilleur et de plus beau pour sa truie. On dit que le pays appelait ces truffes, particulièrement recherchées, des « dames noires »…

» Ainsi débute l'histoire de la truffe, cela se passait dans la nuit des temps.

Charles va pour parler mais Lula l'interrompt.

— J'en ai un peu assez de tout ça. Je pense qu'il vaudrait mieux changer de sujet.

— Tu en as déjà changé, dit Charles qui voudrait avoir le dernier mot. Moi aussi. On est partis des mêmes faits. Mais de quoi parlons-nous ? Toi de l'éternel féminin et moi de la polygamie historique. Finalement c'est en jouant au jeu du vrai et du faux qu'on se définit, qu'on se raconte, qu'on s'affirme. Il n'y a que deux choses qui échappent au jeu : la naissance et la mort. Les deux « vraies » bornes. Les deux seules vérités.

Charles a chuchoté ces derniers mots, comme s'il en avait honte.

Lula est frustrée : elle sait qu'ils n'en diront pas plus sur l'Histoire. Charles s'esquive, ne répond pas à ses questions. C'est sa méthode quand il ne veut pas se compromettre, elle le connaît. De quoi a-t-il peur ? De l'entendre une fois de plus vilipender la manière qu'ont les historiens de raconter l'Histoire ? C'est vrai qu'elle est incapable d'humour quand il s'agit de ce sujet. C'est vrai, qu'une fois de plus, elle allait souligner que jusqu'en 1990 (1990 !), quand on cherchait Marie Curie dans le Petit Larousse illustré on trouvait : « Curie Pierre, avec sa femme Marie découvrit le radium » ! ou Michel Louise, dite « la vierge rouge de la Commune ». Quelle honte ! quel mépris ! quelle imbécillité la misogynie des historiens !

Le serveur est parti avec le chariot des fromages. Charles en a pris de quatre sortes différentes, Lula aucun. Elle dit :

— Tu peux te permettre d'être fantaisiste avec l'Histoire, puisque tu en es un spécialiste, et que tu es un homme par-dessus le marché.

Il ne dit rien. Il mange ses fromages avec l'air de celui

qui attend tranquillement que l'orage passe. Il exaspère Lula. Elle parle encore.

— Tu sais que le Droit et l'Histoire fournissent la grande majorité des étudiants fascistes ?

Il répond :

— Fasciste est un mot qui se démode. Facho, faf. Ça ne veut plus rien dire. Enfin, ça ne veut plus dire fasciste... De nos jours il y a autant de filles que de garçons en Droit ou en Histoire. Peut-être même qu'en Histoire il y a plus de filles. Faudrait que je me renseigne.

— Les femmes sont les pires ennemis des femmes.

— Je ne te le fais pas dire.

— Charles, pourquoi as-tu choisi ce sujet, sachant parfaitement ce que j'en pense ? Qu'est-ce qui te prend ce soir ?

— Tu ne joues pas le jeu, Lula. Il n'a jamais été question de justifier le choix de nos sujets. Que faisons-nous ici, sinon jouer ? Tu es assez intelligente pour penser toute seule. Quel besoin tu as de moi ?

» La vérité c'est que tu refuses de t'amuser avec moi, d'imaginer autre chose que des raisonnements éculés, que je connais par cœur, et que je croyais dépassés. Tu ressasses des formules, des phrases toutes faites, des vieux slogans féministes, comme si c'étaient les bases incontestables de ta culture, mais tu sais bien que la culture c'est ce qui épargne aux gens la fatigue de penser. Tu veux tout ramener au sérieux, au nom de je ne sais quel désir de profondeur. À force d'être profonde tu deviens creuse.

— Et toi à force d'être superficiel tu deviens insignifiant.

Ils ont haussé la voix. Ce n'est pas gênant, le restaurant est maintenant vide.

— Excuse-moi, dit Charles.

Il se lève et se dirige vers les toilettes.

Elle le regarde s'éloigner, elle trouve qu'il a vieilli.

Lula enrage parce que, sur un point, il a raison : elle n'a

pas renouvelé son discours. Seulement, lui non plus n'a pas renouvelé le sien ! Mais son discours à lui c'est le discours officiel, alors… Encore heureux qu'il n'ait pas dit : « Les femmes ont tout obtenu, qu'est-ce qu'elles veulent de plus ! » Non, tout de même, il n'est pas aveugle à ce point…

Tiens, elle devrait lui demander ce qu'il a pensé d'Édith Cresson. Ils n'en ont jamais parlé ; à l'époque il ne vivait pas en France. Lula est certaine qu'il prendrait un petit air condescendant, parce que, politiquement, il est légèrement rosâtre, il ferait la moue pour signifier que c'était triste d'en être arrivé là. Alors que Lula, elle, a trouvé cette femme formidable de courage : elle a fait le ménage sans broncher, face à tout un pays qui se gaussait d'elle. Elle a servi sa maison, sa famille, son mec, sans se soucier de son impopularité. Toutes les mauvaises besognes étaient à faire, tout le sale travail des licenciements, de l'austérité, de la restructuration, etc. Tout ce qu'aucun homme n'avait osé faire, par crainte de déplaire à son électorat, et qu'il fallait pourtant faire. Cette femme est une amoureuse, une fidèle, une loyale, elle n'a pas agi pour son compte personnel, pour sa future promotion, elle a agi pour les siens, elle a servi le mieux possible, avec une abnégation admirable… Une femme comme les hommes souhaiteraient qu'elles fussent toutes, mais dans l'ombre.

Non, elle ne lui parlera pas d'Édith Cresson. Elle ne parlera plus des femmes et encore moins de l'Histoire. Elle y mettrait trop de passion, elle se heurterait au pouvoir qu'a Charles de se « tenir », elle s'y couperait trop fort. Lula connaît les blessures que Charles est capable de lui infliger. Ce n'est pas pour cela qu'elle a accepté ces « entretiens », au contraire, c'est pour retrouver sa tendresse. Elle sait, elle croit même qu'elle est la seule à savoir la tendresse qui est dans cet homme. Elle sait qu'il l'aime et c'est de cet amour qu'elle a besoin en ce moment. Charles est le seul point d'ancrage qu'elle ait connu, son seul havre. Cet amour bizarre qui les unit est le seul lieu où Lula se sente en sécurité.

Pourtant Charles ne lui a jamais fait de déclarations d'amour, il ne lui a jamais rien promis, jamais donné que des bribes de son attachement. Mais ces bribes constituent son trésor. Là, dans cet hôtel-restaurant vide où des serveurs s'affairent à préparer les tables pour le petit déjeuner de demain, alors que, des cuisines, arrive, par instants, la retransmission d'un match de football, lui revient le souvenir d'une nuit dans un hôtel de Dublin.

Elle était en reportage à Londonderry où les papistes et les protestants s'entre-tuaient à cause de la défaite de Jacques II, sur les rives de la Boyne en 1560…

Charles était à Dublin, en mission. Ils s'étaient parlé au téléphone. Il avait dit que ce serait bien si elle pouvait le rejoindre. Elle n'était pas certaine de pouvoir le faire : ça dépendait du journal, ou plutôt ça dépendait des événements à Londonderry. Si ça se calmait le journal la ferait rentrer, et elle passerait par Dublin. Si ça continuait elle resterait sur place pour envoyer ses papiers. Il lui avait donné le nom de son hôtel, le numéro de sa chambre et il avait dit qu'il préviendrait le concierge de lui remettre une clef au cas où elle viendrait de nuit, « comme ça tu ne me réveilleras pas. » Elle avait pu se libérer et elle était arrivée à Dublin vers une heure du matin. Comme convenu le concierge lui avait donné une clef de la chambre de Charles.

Elle avait ouvert la porte. Il y avait un miroir dans l'antichambre. De là, du couloir de l'hôtel où elle était encore, elle a aperçu Charles dans le miroir ; il lisait, assis dans son lit. Malgré toutes ses précautions la clef a tinté, à peine, mais Charles a entendu le bruit. Lula a vu alors quelque chose de merveilleux se passer pendant une fraction de seconde. Elle a vu le visage de Charles, devinant que c'était elle, qu'elle venait dormir avec lui, envahi par le plaisir de la savoir là. Le temps de fermer la porte, de poser son sac de voyage dans l'entrée, et, dans le miroir, le visage de Charles était redevenu normal, aimable, presque indifférent, un peu moqueur, et, la voyant :

« Tiens, tu es là, toi. » C'est tout. Il ne savait pas qu'il avait été démasqué. Il l'aimait ! Elle en avait été bouleversée.

D'autres bribes comme ça, au cours de quarante et quelques années de leur relation en pointillé... Un regard, une fois, dans un ascenseur. Ils se rendaient chez des amis. Elle pensait à autre chose, à rien, pas à lui en tout cas, elle regardait dans le vide. Pourquoi, subitement, a-t-elle éprouvé le besoin de le regarder, lui ? Elle a rencontré les yeux de Charles qui la contemplaient, il n'y a pas d'autre mot, avec une tendresse, un amour si profond qu'elle a eu envie de se serrer contre lui. Mais à peine avait-elle croisé son regard que, dans l'instant même, il avait changé, il s'était éloigné, et s'était mis à parler de la pluie et du beau temps...

Il revient à la table. Elle dit :

— Nous n'allons pas nous battre, Charles. Je te propose de venir boire un verre chez moi. Je sais que tu aimes mes bouquets. Tu verras, j'en ai fait un qui va te plaire. D'ailleurs je l'ai composé en pensant à toi. Enfin, « je dis ça, je ne dis rien », comme aurait dit ta mère, si tu ne veux pas venir tant pis pour moi. Mais alors convenons du sujet de jeudi prochain. C'est à mon tour de choisir cette fois.

Charles est interloqué. D'un seul coup sa colère tombe. Lula vient de lui dire : « Veux-tu venir prendre un verre chez moi ? » Une formule usée mais qui l'émeut. Aujourd'hui pourtant l'invitation de Lula ne lui semble pas ambiguë. Il la prend au pied de la lettre. Lula lui offre ses fleurs. Et tous les bouquets de Lula se télescopent dans sa tête : les immenses qu'elle faisait à Lisbonne avec des strélitzias, des arums et des plumeaux de roseaux. Les tout petits, de violettes, pensées et renoncules fichées dans une flûte à champagne ébréchée, du temps où ils partageaient une chambre d'étudiant à Paris. Le bouquet capiteux qu'elle avait arrangé, aussitôt arrivée dans leur chambre d'hôtel à Berlin, le jour où elle rentrait de Bangkok chargée de fleurs : orchidées, bougainvilliers, fleurs de frangipanier, et d'autres fleurs exotiques dont il ne savait pas le nom et qui avaient donné à leurs retrouvailles un parfum lourd, primaire, sauvage et composite... Le bouquet naïf de roses qu'elle lui avait offert à son retour de New York.

Il dit :

— Je ne veux pas prendre de verre. Mais je veux voir tes fleurs. Tu passes devant, je te suis. Ne roule pas trop vite.

Ils vont chacun à leur auto.

Ils s'enfoncent dans la nuit.

Les voilà partis, l'un derrière l'autre. La nuit est douce, presque une nuit d'été.

Lula, souvent, vérifie dans son rétroviseur que Charles la suit. Elle ne perd pas de vue les phares de sa voiture. Aux carrefours elle ralentit puis elle accélère de nouveau. Elle pense, en souriant : « Jamais ensemble et inséparables. » À la maison Charles devine immédiatement le bouquet qu'elle a composé pour lui. Il s'extasie et, dans un élan de tendresse la prend par la taille, lui donne de petits baisers au coin des lèvres, dans le cou. Lula s'éloigne :

— Charles, je t'en prie, nous sommes trop vieux.

— Parle pour toi.

— En tout cas pas ce soir. J'ai sommeil et surtout, tu me connais, j'ai envie d'être seule. Notre discussion, au restaurant, m'a contrariée, je dois l'oublier.

— Bon, comme tu veux. Et le sujet pour la semaine prochaine ?

— J'y ai pensé pendant tout le temps en conduisant.

— Qu'est-ce que c'est ?

— Demain.

— Quoi demain ? Tu me le téléphoneras demain ?

— Non le sujet sera : demain.

— Parfait.

Quatrième jeudi

Charles a repris la route. À Carpentras il se perd. Carpentras est une ville ceinturée, innervée, zébrée, par les rainures blanches et les panneaux rouges de ses sens interdits et de ses sens uniques.

« C'est une ville crépinette », pense Charles. Cette image gastronomique le distrait. Au deuxième tour de la ville, repassant devant le même bar éteint, le même Hôtel-Dieu monumental, il ronchonne : « Décidément je suis trop con. » Du coup il fait attention aux pancartes et... droit sur Avignon !

Il se rend compte alors que, jusqu'à Carpentras, il a roulé sans se soucier du chemin, encore tout à la soirée qu'il vient de passer, l'esprit allégé par le vin et le bouquet d'un marc de Bourgogne, sans compter le bouquet de Lula, bien sûr...

Il rôde dans Avignon, ne sachant que faire de sa peau. Mais Avignon au mois d'avril, à deux heures du matin, est aussi désert qu'un bled du Colorado. Il se souvient de nuits d'été, pas si lointaines, cinq ans à peine ; il était venu assister, comme un bon écolier, aux manifestations du festival : les spectacles, les rencontres, les films, les expositions et les discussions passionnées. Tout ça se terminait sur la place de l'horloge, personne ne voulait aller se coucher ; on se faisait presque un devoir d'atteindre l'aurore à petits coups de vin rosé. La ville était aussi vivante la nuit que le jour...

Il rentre chez lui. Son appartement lui semble vide. Sa

table est encombrée de feuilles volantes, de livres, de classeurs, de journaux, de lettres, de dictionnaires ouverts, ce fouillis lui déplaît. Son carnet de téléphone lui donne envie de parler à quelqu'un qu'il ne réveillera pas. Il le feuillette et appelle Bogotá :

« Io desejo hablar a la señora Suzana Pantasso... — Suzana ? Aquí Charles, Carlo, Carlito... — Avignon na Francia... » Et la conversation s'engage dans un espagnol de fantaisie. Il dit s'être souvenu que c'était la fête de Suzana. Il tombe presque juste. À quinze jours près. Elle est heureuse de l'entendre. Lui aussi. Ah ! le téléphone quelle invention merveilleuse ! « Ainda te quiero. Gran, gran prazer... Hasta luego ! »

Le voilà lancé. Il appelle, à Mexico, Silvio Buenaventura, l'éditeur d'une revue d'Histoire à laquelle il a collaboré et qui doit publier une de ses communications sur l'influence espagnole à Rome au XIVe siècle. Le bureau ne répond pas... Finalement il atteint Silvio chez lui. Tout va bien. L'article paraîtra le mois prochain.

Il raccroche, satisfait. Il pense qu'il est en avance sur Suzana et Silvio. Ils en sont à hier. Il en est déjà à demain. Il estime que cela lui confère une sorte de supériorité.

Il appelle Charlotte en Australie. Ça ne répond pas...

Lula, la semaine dernière, sachant que ce serait à elle de donner le sujet de la semaine suivante, avait pensé proposer « l'avenir ».

Ce qui se passait en ce moment dans le monde la passionnait. Elle était revenue perplexe de son voyage en Pologne. Elle avait pu parler avec des gens, loger chez eux, se déplacer dans le pays. Ce qu'elle avait vu l'avait consternée. Non seulement la misère, l'inimaginable pollution, mais surtout le discours tenu par les jeunes Polonais l'avait atterrée. Ils ne voulaient plus du communisme mais ils ne savaient ni penser ni agir autrement que comme des communistes, et la plupart d'entre eux n'en étaient pas conscients. Une fois les Soviétiques chassés, tout aurait dû s'arranger. Et comme cela ne s'arrangeait pas, comme la misère était encore plus grande, comme la pollution continuait de ravager les poumons de leurs enfants, alors ils ne savaient plus. Du coup les églises étaient pleines. Pourquoi les magasins étaient-ils toujours vides ? Pourquoi la délinquance avait-elle transformé les villes en coupe-gorge ? Lula avait trouvé cette situation poignante. Les Polonais n'avaient aucune idée de ce qu'était le monde non communiste, ils l'idéalisaient. Elle leur avait dit et répété que dans le monde qu'ils découvraient on ne risquait pas de se faire mettre en prison quand on disait ce qu'on pensait, mais que c'était un monde dur, égoïste, ce n'était pas le paradis. Ils ne l'entendaient pas, ils ne se doutaient pas de ce que pouvaient être des individus délivrés de l'idéologie. Peut-être ne savaient-ils même pas ce qu'étaient des individus. À la fin, elle n'osait plus rien dire.

Charles, au cours de leur première rencontre, il y a deux semaines, n'avait cessé de parler de la Russie d'où il revenait. Il y avait vu une misère encore plus grande que celle des Polonais, un désarroi encore plus grand, mais il rêvait d'y retourner. Il n'avait pas su dire exactement pourquoi. Lula avait pensé, en l'écoutant parler avec tant d'enthousiasme, qu'il était tombé amoureux d'une femme là-bas. Mais non, ce n'était pas ça ; quelque chose se formait dans ce pays qui l'attirait. Il avait sorti une de ses formules : « Une nouvelle réalité déclenche toujours un imaginaire nouveau. Tout est possible là-bas. »

Il avait raison, elle lui avait avoué qu'elle n'y avait pas pensé. Elle n'avait vu que le présent.

Combien de temps les pays de l'Est mettront-ils pour se forger un nouvel imaginaire ? L'Est nouveau, celui qui est en train de se définir en recourant à ses vieilles images, antérieures au communisme, pourra-t-il les dépasser et devenir exemplaire pour l'Occident ? En attendant il y a la honte de l'ex-Yougoslavie, la purification ethnique, les femmes et les enfants comme butin de guerre. Et tout ce qui se passe dans les confins de l'Est, qu'on ne sait pas, qu'on ne veut pas savoir parce que c'est trop loin, parce que c'est peut-être pire…

L'Occident triomphant découvre ses faiblesses. Jusqu'à présent la peur du conflit atomique justifiait et masquait ses tares. Sans l'ennemi soviétique il est, maintenant, en porte à faux. L'effondrement du communisme le contraint à un choix : soit il s'invente de nouvelles terreurs obnubilantes, soit il plonge dans l'autocritique et se réforme.

Charles avait dit : « En fait de terreur, le pouvoir occidental n'a plus que Saddam Hussein à se mettre sous la dent, c'est peut-être utile mais c'est dangereux. Il y a un stock de bombes atomiques à l'encan, partout dans ces coins-là, et les vautours sont nombreux. Il faudrait faire vite. »

Vite, voilà le mot qui avait fait changer Lula. Voilà pourquoi, au lieu de « l'avenir » elle avait proposé « demain » : un avenir court. Dix ans au maximum. Il y a de l'urgence dans l'air en cette fin de millénaire. Après…

Après, elle serait trop vieille. Elle n'avait plus d'avenir, c'était un mot trop long pour elle.

Charles a passé trois jours désagréables.

Un vendredi raté. D'ailleurs, comme le fonctionnaire qu'il a été toute sa vie, il trouve que le vendredi, en soi, est un jour insensé. On ne sait pas si on est encore dans la semaine ou déjà dans le week-end. On s'agite pour boucler les choses à la hâte : téléphones, courrier, comptes à payer. Une excitation malsaine. Quand on arrive à tout liquider, on ne goûte que la maigre satisfaction d'avoir bien fait le ménage.

Mais ce vendredi-là Charles a tout raté. Bilan grotesque. 1 : la nuit dernière, excité par ses entretiens téléphoniques outre-mer, il n'a pu s'endormir qu'après avoir vu le soleil se lever et il s'est réveillé à une heure de l'après-midi. 2 : il a renversé son café sur la moquette. 3 : il a cherché ses clefs de voiture pendant une demi-heure. 4 : les cherchant, il a fait tomber une pile de dossiers. 5 : les remettant en place, il a cassé sa lampe de bureau. 6 : il a cherché à nouveau ses clefs. « Merde, où est-ce que je les ai foutues ? » Il les a trouvées tout bêtement dans le manteau qu'il portait la veille. 7 : une fois dehors, il a retiré un billet de contravention glissé sous ses essuie-glaces. 8 : quand il est passé chez le buraliste pour acheter son journal il n'y en avait plus. 9 : la banque fermait au moment où il arrivait. L'employée lui a fait un petit signe désolé à travers la porte vitrée. « Connasse ! » 10 : il est rentré chez lui et a regardé la télévision…

Le samedi n'a guère été plus joyeux. Ses amis de Montpellier devaient l'emmener faire une balade en Camargue, ils se sont décommandés : « Avec ce mauvais temps… » En effet dans la nuit du vendredi une petite pluie glacée s'est mise à tomber sans arrêt. Charles a découvert qu'il pouvait avoir froid dans son appartement. Il a allumé le chauffage électrique dont la soufflerie s'est mise à faire un bruit agaçant…

Le dimanche après-midi il est allé au cinéma. Il a vu la version rénovée de *Autant en emporte le vent*. En sortant il s'est dit : « Ça, c'est le bouquet, *Autant en emporte le vent*, le dimanche après-midi, à Avignon ! » Il a mangé un sandwich dans un bar, bu un demi, est rentré chez lui et s'est couché.

Dans son lit il a pensé et il a dit à haute voix.

— C'est la faute de Lula.

Rassuré, il s'est endormi.

Surtout ne pas parler de la mort avec Charles.

La mort, Dieu : des sujets qui l'ennuient énormément.

S'il demande « pourquoi as-tu choisi demain ? », elle ne dira pas toute la vérité, elle dira uniquement que c'est à cause des bouleversements à l'Est, elle ne dira pas que c'est parce qu'elle est trop vieille pour penser « avenir ». Dans vingt ans ils auront plus de quatre-vingts ans !

Il fait très beau en ce moment, la terre est bonne à travailler : souple, légère. Tout pousse ! Lula est euphorique, elle découvre un rang de petites mains qui s'ouvrent au ras du sol, ce sont les cosmos qu'elle a semés en rentrant de Rio, des graines achetées au village le jour même de son retour. Elle est en admiration. Elle aime que ça renaisse, que la matière se reproduise, que, dans le vivant, il y ait de l'encore, du toujours, de l'après, du demain.

Pourtant, elle, elle ne se pense pas reproductible, elle ne croit pas que de son cadavre naîtra autre chose que du néant, elle ne sera pas éternelle. Elle a une sorte de vertige. Elle se dit : décéder, est-ce que c'est cesser de céder ? Cesser de céder au rythme des journées, au rythme des habitudes, au rythme des affections, au rythme des guerres, au rythme de la gourmandise. L'heure du déjeuner, l'heure du dîner, l'heure des nouvelles, l'heure du départ, l'heure de l'arrivée, l'heure du rendez-vous, l'heure de dormir, l'heure de faire l'amour, l'heure du bain… l'heure d'en finir… Cette pensée lui plaît. Elle décide que la vie est bien faite finalement.

Jeudi, parleront-ils du communisme ? Charles se moquera d'elle, il lui rappellera le temps où elle rôdait autour du Parti. Elle était trotskiste et c'est pour cela qu'elle n'a jamais pris sa carte. Lui, il n'était rien de précis, plutôt anarchiste. Ils étaient très jeunes. Ils avaient dix-huit ans.

Le lundi matin, Charles s'est réveillé tôt, d'excellente humeur. Il s'est jeté sur sa table de travail avec appétit. Il a terminé un chapitre de son étude sur le Grand Schisme d'Occident. Il a écrit trois lettres et deux cartes postales (il les avait achetées la veille par désœuvrement). Il a téléphoné à Jeanne Laurence qui, en son absence, occupe son appartement parisien. Il a étudié l'article « Industrie » dans le *Grand Robert*. Le mot lui était tombé sous la dent dans un texte du XVIIIe siècle ; il a voulu le ronger jusqu'à l'os.

En rangeant le volume au milieu de ses huit compagnons il a pensé que les mots sont des splendeurs. Il ne s'en lassera jamais. La sonorité des mots, leur contenu à la fois libre et strict, l'histoire qu'ils portent en eux, l'incitation à la pensée, ou au rêve, qu'ils recèlent, tout cela l'exalte.

Il ouvre la fenêtre de la salle de bains et se tord le cou pour regarder l'heure, à l'horloge de l'école voisine. Il n'en croit pas ses yeux. Il est une heure et demie. Il a oublié de prendre son petit déjeuner. Il a même oublié de fumer. C'est magnifique. Il aime ces moments de vie, pleins, multiples, rapides, désordonnés mais efficaces. Il sort pour mettre son courrier à la poste. Il en profitera pour manger n'importe quoi au bistro du coin.

Le printemps dans la ville est splendide. Après deux jours de pluie, toutes les couleurs éclatent dans le soleil. Charles est un citadin. L'agitation des villes, la complexité de leurs codes entrelacés, leur halètement mystérieux parfois, leur corruption, l'ont toujours séduit. Mais plus qu'à la campagne, il est bouleversé lorsque dans l'organisation utile de la vie urbaine font irruption, comme par hasard, justifiant tout, une image, un geste, une couleur, une juxtaposition de formes qui témoignent de la beauté anarchique du monde. Dans le musée de sa tête sont accrochées des images qui l'enchantent :

À New York, dans un chantier de démolition, un pan de mur portant des inscriptions superposées comme un immense tableau de Kandinsky.

À Petersbourg, les pommiers en fleur d'un jardin donnant sur la perspective Nevsky.

La lumière du couchant reflétée par les immenses buildings de verre de Chicago.

À Montréal, un hiver, par suite d'une tempête de neige conjointe à une grève des déneigeurs, de gros chevaux, naseaux fumants, agitant des clochettes d'un autre âge, tirant, parmi les gratte-ciel, des traîneaux chargés de passagers, à hauteur des toits des voitures enfouies dans les congères…

Et, maintenant, dans les rues d'Avignon, de petites pousses de giroflées qui s'acharnent à fleurir entre les pavés.

Il se gorge de tout. Aujourd'hui, tout doit contribuer à son bonheur : il est prêt à tout y intégrer.

Il rentre chez lui. Sur la table, qu'il a rangée avant de sortir, il place une grande feuille blanche. Il écrit « Lula » en lettres majuscules. Il écrit ensuite, en lettres minuscules « demain ».

Il barbouille sa feuille de signes : des mots qui surgissent, des flèches qui renvoient à droite ou à gauche, des carrés, des losanges. Une phrase qu'il compose et tarabiscote avec beaucoup de parenthèses, de tirets, de points et de virgules. Il écrit « demain » en lettres majuscules. Il se rend compte qu'il n'a rien à dire là-dessus. Le concept « demain » est trop clair pour lui, demain ne signifie pas autre chose que le jour qui suivra la prochaine nuit.

Demain et matin ont, en général, la même racine dans les langues latines. C'est vrai que, pour Charles, chaque jour est neuf. Souvent il rêve de lendemains totalement vierges, libres des conséquences d'aujourd'hui. Un lieu, des gens, une activité, une profession, un corps, nouveaux. Un univers où il ne serait responsable de rien.

Aujourd'hui Lula s'occupe des légumes qu'elle a négligés pour soigner ses fleurs. Elle sarcle autour des six pieds d'artichauts. Sème un nouveau rang de salades, de l'estragon, de la ciboulette, de l'origan, du persil. Elle gendarme les fraisiers qui lancent leurs stolons à l'assaut des laitues et des fines herbes. Elle est plongée dans le parfum des haies de buis qui ferment le potager. Il fait chaud, l'odeur est forte. Ça sent Pâques, la Semaine sainte, la fête des Rameaux. Elle entend les cloches du village. Le vent vient du sud, voilà pourquoi il fait si chaud. Est-ce que c'est dimanche ?

Non, ce n'est pas dimanche puisque voici la voiture du facteur qui se range près de la boîte aux lettres, en bas du chemin. Elle ira voir plus tard ce qu'il a déposé. Pour l'instant elle préfère rester avec ces échos de Pâques que l'odeur du buis lui a remis en tête. Le buis béni des Rameaux… Quand elle était enfant, elle aimait les cérémonies de la Semaine sainte, les piliers et les statues de l'église drapés de noir, les cloches envolées, la veilleuse rouge du chœur éteinte, pour signifier que Jésus n'était plus dans le tabernacle, les chandeliers renversés sur l'autel, le « stabat mater »… une dramaturgie qui la touchait car elle croyait que Jésus avait vraiment existé et qu'on l'avait crucifié. À part ça, elle ne croyait à rien de la religion catholique. Elle aurait aimé avoir la foi mais n'y arrivait pas. Elle était persuadée que toutes les autres petites filles avaient la foi sauf elle. Elle se sentait coupable.

Charles dit souvent à Lula qu'elle a une mémoire d'éléphant. Elle n'aime pas qu'il dise ça. Elle aimerait oublier. Plus les années passent plus elle trouve que la vie se répète et les répétitions l'ennuient.

« Les répétitions m'ennuient. »

Elle s'arrête sur le mot répétition qui la ramène à Charles, à son amour du théâtre. Pourquoi n'a-t-il pas fait du théâtre plutôt que de l'Histoire ? Elle se souvient d'un spectacle monté par le groupe théâtral de la Sorbonne où il tenait un petit rôle, celui du garde de Xerxès, dans *Les Perses* d'Eschyle. Il avait été lamentable, il avait bafouillé, s'était trompé de sortie, enfin quoi, le fiasco total. Lula s'assied par terre et rit encore à ce souvenir. Pour se consoler et justifier sa défaite il avait dit : « On ne m'a pas fait répéter. » Charles l'attendrit.

Elle s'adosse au mur de pierre ; à sa droite il y a les fraisiers qu'elle a ordonnés, à sa gauche il y a les buis.

Elle est au centre. D'une main elle peut toucher les fraisiers, de l'autre elle parvient presque aux buis. Ses bras sont comme les aiguilles d'une montre. Le temps passe : tic-tac, tic-tac, tic-tac.

Dans la maison de son enfance, à la Salamandre, près de Mostaganem, il y avait dans le salon une horloge arabe, haute, maigre, avec un large ventre rond et vitré, où logeait un balancier de cuivre qui représentait un bouquet de fleurs. Dans le souvenir de Lula ce bouquet en relief était très beau et peint de couleurs vives... Il allait et venait, scandant les heures silencieuses des siestes... Le silence... Les cigales, dehors, par moments, imposaient le vide de façon effrayante, car, lorsqu'elles se taisaient, la petite Lula chutait dans le néant, dans l'immensité, dans l'infini, dans l'inconnu. Plus aucun point d'appui, plus aucune sécurité, si ce n'était la répétition du bruit métallique de l'horloge, qui n'était pas un bruit naturel, qui était l'expression machinale du temps qui passe. La mort obligatoire s'entêtait à répéter sa présence dans le silence de la sieste.

Lula parle toute seule à haute voix :

— « La mort fait le temps, sans elle il n'y a pas de temps. » Encore une formule de Charles. Il déteint sur moi.

Elle se remet debout et va chercher le courrier. Elle trouve une lettre d'Australie, une grosse enveloppe épaisse. Elle sourit en pensant que Charlotte lui écrit un feuilleton pour se faire pardonner ses deux mois de silence. Elle se régale à l'avance. Elle va prendre une douche, manger une salade, s'installer pour lire à son aise.

Mais, avant tout, elle doit téléphoner à Charles, car elle a oublié de lui indiquer un lieu de rendez-vous pour jeudi prochain. La rêverie de tout à l'heure lui fait penser à Orange, à cause de son théâtre antique. Il s'y trouve aussi un musée qu'elle n'a jamais visité. Ils pourraient se rencontrer là en fin d'après-midi.

Dans la journée de mardi Charles a rêvé un moment devant la feuille qu'il avait maculée la veille... des notes, des gribouillages jetés en vrac, pour préparer sa rencontre avec Lula. Tout à coup il se rend compte qu'ils ont oublié de se fixer un lieu de rendez-vous. Il a reçu le matin une invitation pour un spectacle de théâtre expérimental à Marseille. C'est parfait, pense-t-il. Je vais téléphoner à Lula. Nous pourrions dîner à Marseille et aller ensuite au spectacle. Mais ça ne presse pas. Je l'appellerai demain.

Le téléphone sonne : c'est Lula.

— Bonjour ma Lula... moi aussi... Comme c'est drôle, figure-toi que j'avais eu la même idée... du théâtre... Non, pas à Orange, à Marseille... Mais si tu préfères Orange, moi ça m'est égal... Tu es sûre... Bon. Alors disons sept heures sur le parvis de la gare Saint-Charles... Je ne connais pas assez Marseille pour te donner rendez-vous ailleurs... Parfait, tu me piloteras. Je t'embrasse. À demain.

Lula a accepté la proposition de Charles. Ils iront à Orange une autre fois. Charles est un homme courtois, aimable, apparemment il se plie aux désirs exprimés par les autres, mais en réalité, il n'aime en faire qu'à sa tête. Alors, puisqu'il veut aller à Marseille, allons-y.

Sur la route de Marseille, Charles pense à Jeanne Laurence à qui il a téléphoné quelques jours plus tôt et qui occupe, en son absence, son appartement de Paris.

Jeanne c'est la vieille copine de toujours, l'amie indéfectible, inamovible. Il peut tout lui demander sans avoir besoin de lui donner d'explications. Une sœur bien-aimée pour laquelle il n'a jamais eu le moindre désir incestueux. Que Jeanne ait eu du désir pour lui, ça, il ne veut pas le savoir. Il l'a rencontrée, en même temps que Lula, au groupe théâtral de la Sorbonne. Depuis le temps qu'ils se connaissent ils ont réussi à ne jamais s'importuner.

Charles, au téléphone, a parlé à Jeanne de ses entretiens

programmés avec Lula. « C'est chouette », a-t-elle dit. Et ce petit mot, un peu vieillot, a plu à Charles. Il sait que la relation qu'il a avec Lula, la permanence et l'incohérence de leurs rapports, leurs manifestations parfois tumultueuses ont toujours suscité chez Jeanne une surprise émerveillée. Pour elle c'est, à chaque fois, « marrant », « fantastique », « complètement dingue », « sensationnel » (ou même « sensass »), « pas possible », « rigolo », « chouette »...

Elle lui a demandé ce que serait le sujet de leur prochain entretien.

— Demain, a dit Charles.

Jeanne a éclaté de rire. Avant de raccrocher elle lui a lancé :

— Demain est un autre jour.

Jeanne n'a pas peur des clichés. Elle les emploie sans honte, les donnant pour ce qu'ils sont, comme on cite des auteurs bateaux du genre Goethe, Victor Hugo, Horace, Boileau, des auteurs habiles à exprimer des banalités en formules bien frappées. Jeanne accompagne toujours ses clichés de borborygmes décapants : faux soupirs, raclements de gorge dubitatifs, éclats de rire, onomatopées jouissives.

Ce qu'il y a d'énervant dans les clichés, a pensé Charles en raccrochant, c'est qu'ils tombent souvent juste. De fait, il y a beaucoup de Norvégiennes blondes aux yeux bleus, beaucoup d'Anglaises rousses, beaucoup de Méditerranéens machos, beaucoup de Juifs intelligents et ayant le sens des affaires... Souvent la foi aveugle, souvent le pouvoir corrompt, etc. et c'est chouette d'être avec Lula...

L'autoroute se déroule sous lui. Il vient de dépasser l'embranchement de Marignane. Il va la retrouver.

Lula, telle qu'il la perçoit, est une femme qui s'est toujours rebellée contre les clichés. Elle a eu une vie hors des normes. Son métier, et le nomadisme qu'il implique, l'esprit même de Lula, son goût du paradoxe et son incrédulité spontanée envers le savoir reconnu, l'originalité de son écriture, qui est son principal outil de travail, le secret jalousement gardé de sa vie privée, tout cela l'a tenue à l'écart du train du monde et de ses clichés.

Il n'y a pas si longtemps (c'était après l'Afghanistan, son accident d'hélicoptère et le rapatriement d'urgence à Paris), elle avait cru pouvoir se ranger. Le poste de rédactrice en chef qu'elle avait alors occupé était tout à fait dans ses compétences, mais ne lui convenait pas. Après dix-huit mois elle avait donné sa démission en clamant : « Ce n'est pas le poste qui ne me convient pas, c'est moi qui ne conviens pas au poste. Je ne suis pas convenable ! », et elle avait claqué la porte.

Charles aime que Lula soit comme ça. La singularité de Lula le séduit et nourrit sa propre singularité. Il a besoin que Lula soit Lula pour que Charles continue à être Charles. Mais, depuis trois semaines, il découvre une Lula qu'il ne connaît pas. Que se passe-t-il en elle ? Est-elle atteinte par un mal qu'elle cache ? Serait-il possible que, pour la première fois de sa vie, elle se soumette à un cliché dévastateur, celui qui fait de la retraite le temps du repos serein, du détachement, de l'entraînement à mourir ? Il constate qu'à plusieurs reprises dans leurs entretiens c'est elle qui a parlé d'âge, l'y associant d'emblée : « Nous sommes vieux. » Pourquoi veut-elle l'entraîner forcément dans cette réflexion ? Bien sûr tous les deux, ils ont passé soixante ans. Sexagénaires. Ce mot ne déplaît pas à Charles et même sa sonorité l'amuse. Sexa est mieux que quinqua. Quinqua c'est pot-au-feu, ça sent le lumignon qui fume, Joseph Prudhomme, Balzac, la loge de concierge. Sexa, ça clique dans l'égrillard, une sorte de pied de nez au temps, un solo de jazz, quand le saxo ou la trompette vont jusqu'à éclater dans l'épuisement.

La vieillesse c'est l'usure d'un corps et d'un esprit qui ont trop longtemps fonctionné. Lui ne sent pas cette usure, sinon dans ce que peut avoir d'aisé, de facile, l'utilisation d'un outil qu'on connaît bien et qui s'est fait à votre main. Ses déficiences lui apparaissent mais ne l'inquiètent pas. Il a hérité de ses parents, petits-bourgeois provinciaux, un sens de l'économie de soi-même qui l'a conduit à vivre sans grands besoins et à ne rechercher que les plaisirs dont il a les moyens. N'ayant plus le souffle et le jarret de ses vingt ans, il a, sans se faire violence, limité la longueur de ses marches. Son corps serait aujourd'hui incapable de faire, comme il y a vingt ans, l'ascension du Kilimandjaro, aussi le Kilimandjaro a-t-il perdu de son attrait. Il n'en a aucune nostalgie.

« Le syndrome de la devanture », lui a sorti Boris, son ami médecin à qui il confiait les petites misères de locomotion que lui cause l'artériosclérose, et les comédies puériles qu'il se joue à lui-même lorsque, sentant venir la crampe dans ses mollets, il s'attarde à observer en détail des devantures qui ne l'intéressent pas. Il admire que cette ruse, où il se croyait original, le plonge dans la norme la plus commune. Ça le fait rigoler.

Il arrive à la gare Saint-Charles. Au même moment Lula débouche sur sa droite. Ils se voient. Elle passe devant, il la suit.

En apercevant Charles, elle se dit : « Bon signe, nous arrivons ensemble, nous n'allons pas nous disputer. » Elle baisse sa vitre et d'un grand geste du bras elle le salue.

Elle descend jusqu'au Vieux-Port où elle connaît un petit bistrot qui ne paie pas de mine mais où la bouillabaisse est un délice. Ils trouvent à se garer l'un à côté de l'autre. C'est un miracle. Décidément.

Lula descend de sa voiture, va vers Charles qui est en train de fermer la sienne à clef ; elle lui donne un baiser dans le cou, juste sous l'oreille. Charles se redresse ravi. Il dit en même temps :

— Tu m'as l'air de bonne humeur aujourd'hui. Tu ne fermes pas ta voiture ?

— Non, je ne la ferme jamais. Mes voitures ne tentent

pas les voleurs. Peut-être parce qu'elles sont trop moches ou peut-être parce qu'elles ne sont pas fermées justement.

Le patron du bistrot les installe à la meilleure table : au centre de la baie vitrée qui donne sur le Vieux-Port.

Les hommes qui buvaient des pastis au zinc se sont tus à leur entrée. Il faut dire que Lula s'est mise sur son trente et un. Escarpins noirs à hauts talons, bas noirs très fins, robe de crêpe noir plutôt moulante, veste de soie mauve, foulard mauve et noir. Elle a fait bouffer ses cheveux, a maquillé ses yeux. Lula a été belle et elle sait, quand elle en a envie, mettre ce qu'il lui reste de beauté en valeur. En fait, c'est dedans que ça se passe, plus que dehors. Quand elle a envie d'être belle elle l'est, et elle en est consciente. Juste avant d'entrer, dans la rue, Charles lui a dit : « Tu sais que tu es toujours drôlement belle, ma Lula ! »

Les hommes au zinc détaillent en silence ce couple de bourgeois, cette femme parée pour plaire. En bons Méditerranéens, ils apprécient les efforts faits par une femme pour séduire, pour eux, la coquetterie féminine s'adresse à tous les hommes et chaque homme la reçoit comme un présent qui lui est dû… Ils ont vu les gros seins de Lula qui poussent la veste mauve en avant, ses longues jambes, son large postérieur, ils évaluent l'âge : la cinquantaine. La belle cinquantaine. Juste un coup d'œil sur Charles pour juger s'il est à la hauteur : peut-être, qui sait avec les Parisiens, ils sont tellement prétentieux… Et puis les hommes retournent à leurs pastis.

Lula et Charles regardent les manœuvres d'un grand voilier qui entre au port.

Charles parle le premier.

— Alors, demain ?

— Oh demain ! *Tomorrow is another day.*

— C'est drôle que tu me dises ça.

— Pourquoi ?

— Parce que j'ai eu Jeanne au téléphone, je lui ai parlé de nos rencontres et quand je lui ai donné le sujet d'aujourd'hui elle a dit : « Demain est un autre jour. »

— J'aime beaucoup Jeanne. Je n'ai jamais été jalouse d'elle.

— Encore heureux. Franchement... jalouse de Jeanne !

Charles a fait semblant d'être offusqué par la petite phrase de Lula, il a fait semblant de réfuter, comme dérisoire, l'idée que Lula pût être jalouse de Jeanne. Effaçant en trois mots d'innombrables scènes, parce que Charles était allé chercher Jeanne à la gare, parce qu'il était parti en vacances avec Jeanne, parce que c'était à Jeanne qu'il confiait parfois ses fils quand ils étaient petits... C'est aussi une façon d'admettre qu'il puisse susciter la jalousie de Lula, donc d'évoquer leur intimité. Un sourire subtil lui vient aux lèvres, son œil brille un peu plus. La beauté de Lula, la chaleur de son baiser, son allure conquérante quand elle est entrée tout à l'heure dans le restaurant, l'aisance avec laquelle elle a accepté l'hommage silencieux des hommes la dévisageant, la détaillant et jaugeant les qualités de son compagnon, et maintenant cette allusion à une possible jalousie de sa part, tout cela l'émoustille, l'enchante, lui donne le ton. Il soupçonne que cet entretien ne s'enlisera pas dans une querelle de mots, un débat académique où ils s'embourbent si souvent. Il s'agira d'eux et d'eux seulement. Il s'émerveille qu'après tant d'années, tant d'histoires communes, tant de récits répétés si souvent, qu'après tant d'habitudes, ils soient encore capables de se livrer aux jeux imprévisibles de la séduction.

Mis sur ce terrain, il enchaîne :

— Tu sais, j'ai longtemps mésestimé la jalousie. C'est vrai que les scènes de jalousie sont souvent moches, inesthétiques. Il est rare qu'après coup on ne les trouve pas grotesques.

» Pendant longtemps les accès de jalousie que je ressentais étaient pour moi une maladie qui m'humiliait, et ceux que je subissais une atteinte à ma liberté, comme si quelqu'un affirmait sur moi un droit de possession exclusive : « c'est moi et personne d'autre, choisis ». L'ultimatum. J'ai horreur de ce type de sujétion. Mais je nuance mon jugement sur la jalousie depuis le jour où une personne, avec qui j'avais eu une relation assez suivie, m'a fait une scène interminable. Il n'y a rien de plus long et de plus épuisant qu'une scène de jalousie. J'ai encaissé sans rien dire les insultes et les coups bas, j'ai vu son visage s'enlaidir, s'encrasser de rimmel, j'ai évité de justesse une assiette de spaghettis qui est allée s'écraser sur le mur derrière moi... enfin quoi, l'attirail au grand complet des scènes de jalousie. Jusqu'à ce que, épuisée, elle me dise : « Tout ça c'est parce que je t'aime, que j'ai la certitude de savoir t'aimer mieux que personne, et que je ne veux pas te perdre. » Comme si, au cours de la crise qu'elle venait de vivre sous mes yeux, elle s'était dépouillée de tout orgueil, de toute défense aussi. Elle se livrait nue et crue, entière. J'en étais stupéfait.

» Après la laideur, l'impudeur simple de l'aveu... C'est beau, d'une façon épouvantable.

» Je ne suis pas capable d'aimer autant, sans retenue. Je suis souvent passé à côté de l'amour par répulsion pour les manifestations inesthétiques de la jalousie, mais aussi, et peut-être surtout, par peur d'avouer simplement et directement que j'étais amoureux. Je suis souvent passé à côté de l'amour par peur de l'amour.

La bouillabaisse arrive sur la table avec tous ses parfums. Lula a l'air de flotter au-dessus de la fumée qui en monte. Elle n'a pas écouté dans le détail l'éloge de la jalousie que Charles vient de faire, mais le son de sa voix lui plaît, il s'accorde à cette soirée, à cette ville propice aux rendez-vous clandestins. Lula est satisfaite, elle goûte avec délice l'instant présent.

Elle dit de sa meilleure voix, celle qui vient du fond de sa gorge, qui se veloute en passant les lèvres :

— En tout cas, moi, je ne suis plus jamais jalouse. Ça m'a passé.

— Bonne nouvelle.

— Tu exagères. Il y a belle lurette que je ne t'ai pas fait de scène, ni verbalement, ni par écrit... ni à toi, ni à personne. Et tu sais pourquoi la jalousie a disparu ?

— Parce que tu ne m'aimes plus.

— Pas du tout... Et ne dis pas « dommage », je ne crois plus à ton cynisme.

— Alors pourquoi ?

— Eh bien, à l'époque où tu étais amoureux fou de cette femme noire magnifique, une Peuhle je crois, qui avait un prénom biblique...

— Sarah !

— Oui Sarah, c'est ça. Eh bien j'ai été tellement jalouse que j'en suis tombée malade. Je ne dormais plus, je ne travaillais plus. Je ne comprenais plus rien. C'était insensé parce que nos relations sont très libres, très fortes mais très libres... J'en avais vu d'autres. Mais cette crise-là dépassait en violence toutes les précédentes. J'ai pris un congé. J'avais honte. Enfin je te passe les détails, j'étais lamentable... J'ai fini par aller voir un médecin, un type très bien. Il m'a aidée à me retrouver. Et tu sais ce que j'ai découvert dans le fond de ce précipice ?

— Aucune idée.

— J'étais amoureuse folle de Sarah. Enfin, amoureuse ce n'est pas le mot. Je voulais cette fille. Je voulais être toi lui faisant l'amour et je voulais être elle. Je voulais la bouffer. J'étais cannibale, je l'aurais dégustée. Volontiers. C'était fou.

— Il paraît que dans une secte asiatique on fait ça, on mange l'objet de son amour.

— Oui, je sais, mais je ne suis pas asiatique. J'ai pensé que j'étais une lesbienne qui s'ignorait. Du coup j'ai eu un petit flirt avec une fille du journal.

— Laquelle ?

— Tu ne la connais pas et tu ne la connaîtras jamais,

c'est une lesbienne authentique. Elle n'est pas restée six mois à la rédaction. Très gentille, très jolie, tout. Les relations entre femmes j'ai trouvé ça délicieux. Mais ce n'est pas ma tasse de thé. Très vite je me suis ennuyée.

— Tu t'ennuies avec tout le monde.

— Faux, archi-faux ! Enfin, cette affaire m'a pourtant aidée à comprendre que j'aime les femmes et que je ne suis pas lesbienne.

— Avec toi rien n'est simple.

— Charles, ne me donne pas de leçons de simplicité, s'il te plaît. Attends, ce n'est pas tout. J'ai franchi un autre cap en découvrant, grâce à Roland Barthes, dans *Fragments d'un discours amoureux,* que jalousie et zèle avaient étymologiquement la même racine. Je ne m'en étais jamais rendu compte. Ces excès de zèle à ton égard qu'étaient mes crises de jalousie m'ont atterrée. Tu n'en mérites pas tant. Je ne fais plus jamais de zèle avec toi, ni avec personne d'ailleurs. Maintenant je sais que ma jalousie se situe entre le zèle et Lesbos, j'en suis consciente, ça la calme, elle ne me pince plus.

Lula fait des effets de voix, elle a des petits rires, des regards, des gestes, enfin quoi, elle sort son attirail de séductrice que Charles connaît par cœur et qui le ravit. Il ne s'en cache pas, il est enchanté. Ils se mettent à détailler les grandes crises qui ont secoué leur vie amoureuse depuis plus de quarante ans et cela les mène à rire aux larmes.

— Les histoires de cul devraient toujours faire rire, dit Charles. Toi et moi, à cause de nos origines bourgeoises, de notre éducation, nous avons mis beaucoup de temps à le comprendre. Ou plus exactement nous ne savions rire que des histoires des autres, de Georges et Isabelle par exemple, tu te souviens ? Ou des embrouilles inextricables des sœurs Plumier, ou de la fugue aux îles Seychelles de Jean-Paul avec comment elle s'appelait déjà ?... La femme du libraire de Soissons...

— Lise.

— C'est ça. Lise et Jean-Paul ! quand ils étaient revenus de leur voyage avec une supergono et jamais ils n'ont su qui l'avait flanquée à l'autre ! Tout ça c'est comique. Enfin, on a beau dire, la jalousie s'accote souvent au cul, et, malgré les discours prétendument libérateurs qui se sont déversés sur la sexualité depuis quelque trente ans, elle reste une chose grave, lourde. Le paradis ou l'enfer. On ne parvient pas à prendre la sexualité pour ce qu'elle est : la pratique d'un plaisir simple, intime, toujours à portée de la main et qui ne coûte rien, un moyen de communication amusant, excitant parce qu'il n'est jamais sûr, un jeu, un vrai jeu qui mobilise un moment l'individu entier, son corps, son rythme, son intelligence, son imagination, ses ruses, ses abandons et c'est un jeu qui n'est réussi que lorsque il n'y a pas de gagnant !

» Je me demande si l'importance, souvent négative, donnée à la sexualité, depuis, disons, toujours, ne vient pas de ce que l'être humain, par orgueil, ne veut pas admettre que la permanence de son espèce, ou, plus individuellement, sa propre naissance, soit liée à ce jeu, à un jeu. Alors qu'il n'y a pas de rapport obligatoire entre l'une et l'autre chose. C'est maintenant prouvé : on peut engendrer sans baiser, et baiser sans engendrer.

» Le paradoxe actuel c'est que, sachant ça, on continue à vivre comme si on ne le savait pas. On sait qu'Éros est un domaine d'où les dieux sont absents, mais, en refusant la gratuité du plaisir, nous avons laissé les gardiens du temple désaffecté faire surgir de nouveaux dieux malfaisants. Les sociologues, les sexologues ont enfermé à nouveau le plaisir dans des normes qui le dénaturent : ce sont les pourcentages statistiques. Un individu mâle ou femelle de quatorze, vingt-deux, quarante-sept ou soixante-cinq ans se masturbe trois fois ou six fois ou douze fois par semaine, baise vingt-trois fois et demie, quinze, ou deux fois par mois, jouit une fois sur deux, ou une fois sur cinq, ou jamais, la copulation dure entre trente secondes et quatorze minutes vingt-sept… Alors, comme il faut être comme tout le monde, si on ne l'est pas, on s'inquiète, on se désespère, on se fait même traiter par la psychothérapie, la chimiothérapie, la chirurgie !

» Je ne sais pas si la liberté sexuelle est un leurre ; je n'y suis moi-même jamais parvenu parfaitement et je n'ai rencontré que très peu de femmes libres. Le mot baiser reste dépréciatif. On ennoblit la chose, comme si elle en avait besoin, par une expression de meilleure compagnie : faire l'amour. Et encore, à peine ose-t-on s'y hasarder. Récemment, dans un débat télévisé sur ce sujet, alors que la conversation pataugeait dans le pseudo-franc-parler qui est de mise dans ce genre d'émissions, et qu'on traitait sans détours de problèmes pratiques (Où ? Quand ? Comment ? Combien ?), j'ai entendu des expressions que je croyais mortes : honorer sa femme, avoir des relations charnelles… J'ai trouvé ça cocasse, mais je ne pense pas que les spécialistes du sexe rassemblés autour de la table aient été conscients de leur bouffonnerie.

» J'aime le sexe, je l'ai découvert lentement, pas du tout dans l'excitation inépuisable de la jeunesse (ça aussi c'est une norme que je récuse), j'ai appris à l'aimer, j'ai appris à aimer celles avec qui je le pratiquais et qui, chaque fois, me découvraient de nouveaux coups, comme aux échecs.

Il achève là sa tirade en plongeant dans les yeux de Lula, ironiques, tendres et secrets. Il lève son verre de muscadet à la hauteur de leurs regards.

— À ta santé, Lula.

— À ta santé, Charles. Tu es bavard, c'est effrayant. Tes discours sur le sexe ont toujours été… virulents. À se demander si tu trouveras un jour la paix de ce côté-là.

— Pourquoi dis-tu ça ?

— Parce que j'ai l'impression, quand tu parles du sexe, que tu cherches à te justifier.

— Pas du tout.

— Je n'en suis pas convaincue.

— Me justifier de quoi ?

— De ne pas être fidèle, de papillonner. Par moments ton comportement ressemble à de l'insatisfaction.

— Peut-être qu'en matière de baise, je n'en ai jamais assez, mais c'est plutôt toi qui cherches à justifier la parcimonie avec laquelle tu « accordes tes faveurs »...

— Oh là là, Charles, le terrain est glissant, ne nous y aventurons pas, la soirée est trop belle, nous la gâcherions.

La nuit vient sur le port. Des loupiotes sont allumées dans certains bateaux. On devine des chaleurs, des solitudes, dans ces petits espaces flottants ; des vies repliées sur elles-mêmes, serrées. Des privautés amarrées là, qui ne tiennent qu'à un fil.

Charles et Lula regardent la nuit. Ils rêvent. Silencieux. Le patron a changé leurs assiettes, rempli leurs verres, apporté les fromages sans qu'ils s'en aperçoivent. Il a fait le service avec ce mélange d'attention souriante et de discrétion que suscitent souvent un homme et une femme en état de confidence.

Brusquement Charles regarde sa montre. Il pouffe de rire.

— Tu sais l'heure qu'il est ?

Lula revient sur terre. Elle se désole.

— Ton théâtre...

— À l'eau ! C'est magnifique !

— Comment magnifique ! Allons-y, courons !

— N'y allons pas.

— Tu vas m'en vouloir.

— Non, je t'aime trop quand tu es comme ce soir.

— Je suis irrésistible.

— Irrésistible. Si nous passions la nuit ensemble ? On pourrait rentrer à Avignon, c'est moins loin que chez toi.

— Ni chez toi, ni chez moi. Ici. Trouve un hôtel avec vue sur la mer. On se fera monter du champagne... un grand lit.

— Et demain ?

— Demain on commandera un café noir avec des tartines beurrées pour toi et un thé-citron pour moi.

— Je voulais dire « demain » notre sujet d'aujourd'hui.

— Oh, c'est fini, n'en parlons pas, on verra demain justement.

Charles se réveille en sursaut. Pendant quelques secondes il est perdu. Où est-ce que je suis ? Où est-ce que je me suis encore fourré ? Et puis dans la pénombre de la chambre il discerne la bosse dans les draps et les cheveux ébouriffés de Lula à demi enfouie entre deux oreillers ; sur une chaise ses vêtements assez bien rangés, avec les chaussures disposées parallèlement, de l'autre côté du lit ; ses vêtements à lui, en désordre, l'une des jambes de son pantalon est complètement retroussée avec la chaussette au bout. La soirée d'hier lui revient : le restaurant près du port, l'hôtel où la réceptionniste leur a demandé s'ils avaient des bagages, sur quoi ils avaient pouffé comme des gamins, le champagne dans la chambre, la nuit.

Lula dort profondément.

Charles se rappelle qu'il a donné un rendez-vous chez lui en Avignon à neuf heures trente. Il faut qu'il parte. Il s'habille rapidement ; sa toilette, il la fera plus tard. Il va s'esquiver en douce, sur la pointe des pieds, sans faire claquer la porte. Il s'avise juste au moment de la refermer qu'il a la charge de donner à Lula un sujet pour leur prochain entretien. Il revient sur ses pas, tire son agenda, écrit : « Lula de l'Amour. Tu dors trop bien, je me sauve. Je propose : "liberté, égalité, fraternité." Si ça ne te plaît pas, téléphone-moi, on trouvera autre chose. » Il arrache la page, la dépose sur la petite table, pose dessus la bouteille vide. Il sort.

Lula se réveille doucement. Il lui faut quelques secondes pour remonter à la surface de sa conscience : elle n'est pas dans son lit, elle est dans une chambre d'hôtel à Marseille. Et Charles ? Elle fait la dormeuse. Elle craint les débordements de Charles. Elle aime se réveiller seule, se sentir unique, comme est unique n'importe quel brin d'herbe, n'importe quel caillou. Peu à peu se recompose autour d'elle la réalité à laquelle elle participe et d'où son sommeil l'a exclue : l'heure, le temps, le lieu, les autres et finalement elle, la journaliste, la retraitée, la femme, la mère de Charlotte, la grand-mère de John, d'Adélaïde, d'Émily et de Jeremy. Tiens, justement, il faut qu'elle en parle à Charles.

Elle bouge, elle s'allonge, s'étend. Il n'est pas dans le lit. Elle se fige pour écouter. Aucun bruit ne parvient ni de la chambre, ni de la salle de bains. Elle se redresse, aperçoit un morceau de papier glissé sous la bouteille de champagne vide : il est parti. Elle se réfugie dans la tiédeur du lit, dans l'odeur de leurs corps emprisonnée par les draps, c'est bon, c'est rassurant, c'est confortable.

Avec délice elle rejoint la rêverie : elle est là, elle n'est plus là, les deux. Elle est dans cet hôtel à Marseille et aussi dans un autre hôtel de la Méditerranée. Une grande chambre blanche. C'est la nuit, la lumière jaune d'un réverbère passe entre les lames des volets et trace des lignes brillantes sur le lit où un garçon lui apprend à faire l'amour. Il est expert, elle ne sait rien. Elle a dix-sept ans. Il y va doucement, il ne lui fait pas mal. Elle ne jouit pas, elle a joui, avant, par les caresses qu'il lui a données. Une langue habile qui lèche, qui tète, qui suce. Des doigts qui cheminent, qui s'enfoncent, qui se nichent. Maintenant elle est repue, molle, domptée, soumise, indifférente. Elle le laisse faire. Elle le regarde faire. On dirait qu'il est lui-même guidé par cette branche revêche qui lui sort du bassin. D'abord il a pris la main de Lula et l'a posée là, sur le sexe raide et gonflé qui est doux, très doux. Elle a senti la douceur, l'a recueillie dans sa paume, elle n'en a pas eu peur. Après, elle a préféré fermer les yeux parce que le visage du garçon si gentil s'est tout à coup englouti dans une obstination, un aveuglement, qu'elle ne connaissait pas, qui ont fait de lui un étranger.

Combien de temps sont-ils restés dans le glissant, le gluant de la salive, du sang, du foutre ? Longtemps, toute la nuit. Lui s'est endormi. Elle a veillé sur lui, sur le visage de l'homme calme où l'innocence de l'enfance est apparue, bouleversante.

C'est alors qu'elle a entendu un bruit insolite qui se répétait. Elle a mis un moment à l'identifier : des calèches de louage venaient se ranger le long du trottoir de l'hôtel à l'usage des touristes qui voulaient se promener sur le front de mer. En attendant la promenade, les chevaux, par moments, pour chasser les mouches, battaient l'asphalte de leurs sabots. C'était ça qu'elle entendait. Midi était venu. Lula s'était endormie.

Lula, ce matin, est si pleine de ce souvenir qu'il lui semble que son corps est comme une grosse brioche dorée, tiède, mousseuse, bonne à manger. Elle se lève, prend une douche. Elle se souvient encore du garçon qui lui avait appris à se laver la première fois, debout à côté d'elle, attentif à ses gestes : « Il ne faut pas que tu tombes enceinte. » Lula sourit toute seule sous sa douche.

Elle prend une grande serviette de bain, se frictionne, note au passage que Charles n'a touché à rien ici. Elle retourne dans la chambre, lit le message, et se laisse tomber dans un fauteuil en riant franchement.

— Liberté, égalité, fraternité ! Il est complètement fou.

Elle y pense un moment — liberté-égalité-fraternité — Charles veut-il que le prochain sujet soit la France ? Alors là, c'est la dispute assurée. Elle lui téléphonera dès qu'elle sera rentrée chez elle.

Elle lui téléphone au début de l'après-midi. Pas de réponse. Le soir. Même chose. Le lendemain et le surlendemain. Rien. Charles a disparu. Tout à fait dans son style. Le mardi, elle reçoit une carte de Madrid.

« J'ai revu le musée du Prado, avec la même émotion tragique devant les Goya. Pourtant tu n'étais pas là. Notre rendez-vous de jeudi tient toujours. Je serai à Avignon mercredi soir. Je pourrais aller chez toi dans l'après-midi, qu'en penses-tu ? Il doit faire doux dans tes jardins. Je te téléphone. 42 000 bises. Partout. Charles. »

Cinquième jeudi

Lula renâcle.

Il est drôle, Charles ! Il propose les choses avec une telle courtoisie, une telle urbanité, qu'on ne s'aperçoit pas tout de suite jusqu'à quel point il est autoritaire. On pourrait croire qu'il laisse l'autre choisir, mais en fait il n'en fait qu'à sa tête. Donc il faudra passer par « liberté-égalité-fraternité. » Eh bien, il parlera.

Lula est bien décidée, elle ne dira pas un mot.

D'ailleurs elle n'aura pas le temps d'y penser : cette semaine elle reçoit des amis, deux journalistes à la retraite, comme elle.

Ils sont arrivés avec leurs épouses. Heureux de se retrouver, ils se sont baladés, ils ont essayé les restaurants du coin, ils ont picolé, ils ont bavardé. Ils se sont moqués de leur statut d'anciens combattants, ce qui ne les a pas empêchés de se souvenir : ils ont parlé jusqu'à l'aube. Ils formaient un clan, les épouses écoutaient, elles suivaient. Un soir, l'une d'elles, excédée, a déclaré : « Vous les journalistes, votre famille c'est le journalisme. Je ne m'y suis jamais faite. Ça a quelque chose de choquant, avouez. » Ils n'ont rien avoué parce qu'ils n'avaient rien à avouer. Ils se sont tus. Ils comprenaient ce qu'elle voulait dire, mais ils n'y pouvaient rien, c'était comme ça.

C'est vrai qu'ils venaient de partout, de droite, de gauche, du centre, du féminisme, du communisme, du syndicalisme. Ils étaient passés d'un journal à un autre, au cours de leurs carrières, sans que cela leur pose de réels problèmes. Ils avaient fait leur métier et ils étaient allés là où ils pouvaient l'exercer le plus et le mieux possible… ils étaient avant tout des journalistes. Ils avaient en commun les « coups », les scoops, les téléscripteurs, les nuits blanches, les engueulades ou les félicitations des rédactions, les dépaysements, la peur, le danger, les copains, chacun pour soi et Dieu pour tous, les bars, la mort.

Juste après le départ de ses amis, Lula reçoit la carte de Charles, elle la pose sur son bureau, elle représente *La Maja desnuda* de Goya. Lula pense avec tendresse : « évidemment ». Et puis elle se rend compte que pendant ces journées où, avec ses confrères, elle a parlé de l'Indochine, de l'Algérie, du Moyen-Orient, de l'Irlande, des femmes, de la politique, de l'islam, de l'Irak, de l'Europe, de l'Est, de la Yougoslavie, de la Somalie, elle a toujours gardé en tête, comme une migraine, le sujet de jeudi prochain « liberté-égalité-fraternité. » Mais comme elle n'a pas pu parler à Charles, qu'elle ne sait pas exactement pourquoi il a proposé ce sujet, elle tourne en rond autour de rien dans sa maison vide.

Dehors il pleut.

« Liberté, égalité, fraternité. » Est-ce de la France que Charles veut parler ? Quelle sorte de Français est Charles ? Et, elle-même, quelle sorte de Française est-elle ? Son origine pied-noir a faussé la donne. Elle se considère comme une bâtarde, ses papiers sont français, sa terre est algérienne, elle se sent européenne avec passion. En dehors de cet imbroglio, elle a découvert, au cours de ses reportages à travers le monde, qu'elle appartient à l'internationale des femmes… Son cœur est ici, sa tête est là, son corps est partout… Et Charles ?

À l'époque où le jeune Français de la frontière belge et la jeune Française de la côte algérienne s'étaient rencontrés à Paris, en 1949, ils étaient presque des enfants. C'était encore l'après-guerre ; orgueilleux d'une victoire pour laquelle ils n'avaient rien fait, ils ramassaient les lauriers de la gloire sans la moindre vergogne.

Lula pense : « Nous étions des Français. Moi, j'étais tellement française ! Je n'imaginais pas qu'un jour la France me serait étrangère, presque ennemie. Et Charles ? »

Elle va vers son secrétaire, l'ouvre. Il y a là des tiroirs qui portent des étiquettes : « Charlotte », « Charles », « maison », « Journal », « banque », « divers », « photos ». Elle prend le tiroir « Charles » où s'empilent des paquets de lettres liées par des élastiques de couleur, tas d'enveloppes sur lesquelles s'aligne l'écriture ronde de Charles. Elle prend le paquet du dessous, le plus ancien.

Elle n'a pas gardé toutes les lettres de Charles, il écrit tant, avec une telle facilité, seulement les plus importantes. Il y a longtemps qu'elle n'y a pas touché. Elle allume un feu dans la cheminée, elle attend qu'il ait pris, que les petites flammes rongent le ventre des bûches, que leur charme opère. Peu à peu ses pensées dispersées se regroupent, s'enchaînent. Elle est immobile. Elle occupe toute sa vie, tous ses corps, tous ses esprits, elle peut, comme les flammes, aussi alerte qu'elles, grimper ou dévaler les reliefs de ses années. Elle est prête. Elle saisit le paquet de lettres, les délivre du vieil élastique rouge, prend la première.

Paris, place Monge, sixième étage, porte F.

Le 26 mars 1955.

Lula, ma douce-dure.

Décidément ni toi ni moi nous ne sommes très à cheval sur nos promesses. Où sont nos « on s'appelle », nos « on s'écrit », d'il y a trois mois ? Est-ce que nous n'aurions plus rien à nous dire ? Je suis bien persuadé du contraire, mais j'imagine que tu as autre chose à faire. Je te vois arpentant tes djebels à la recherche des « témoins de l'âme » comme tu les nommes dans ta série d'articles. Je crois que c'est toi qui as raison : dans tout ce qui arrive là-bas, dans ton pays, il s'agit bien d'âme et c'est sans doute pourquoi, ici, nous n'y comprenons pas grand-chose. Il n'empêche que, pour une journaliste, il est bien difficile de ne pas avoir le nez collé sur l'événement, de ne pas tenir compte du réel quotidien (les attentats, les déclarations des politiques, le visage des victimes, les spéculations financières qui déjà sont évidentes). Comment vas-tu faire pour garder la tête froide alors que tout doit t'écorcher vive ? Mais je te fais confiance et je suis bien persuadé que le prochain papier que je lirai de toi sonnera autrement que toute cette merde qui s'étale aujourd'hui dans la presse. Heureusement que je suis exempté du service militaire... La petite tuberculose de mes quinze ans aura, au moins, servi à ça.

J'ai retrouvé mon cocon. Je me suis jeté sur mon travail comme un fou aveugle ou plutôt avec une date en vue : le concours qui s'approche. Il n'y a rien à faire, il faut que je gagne. La vie d'étudiant, c'est très beau, c'est magnifique, je dirai un jour, comme tout le monde, que ce sont « les plus belles années de ma vie », mais maintenant, j'en ai marre. MARRE. Profondément. Il est temps que ça change.

Figure-toi une chose, tiens-toi bien, tu es assise (?), je vais me marier avec Françoise, une amie d'enfance dont j'ai dû te parler. Quand nous nous sommes disputés, en octobre, avant la rentrée des cours, j'ai passé trois semaines chez mes parents dans le Nord, tu te souviens ? J'ai revu Françoise que j'avais perdue de vue depuis des années, depuis que je vivais avec toi. Nous nous sommes très bien entendus. Je ne t'en ai rien dit parce que, à l'époque, tu n'étais pas... parlable. Enfin, c'est comme ça, je n'ai ni à t'accuser, ni à me justifier. Elle est venue à Paris en février. Le dernier jour, dans la conversation, je me suis entendu dire : « Pourquoi on ne se marierait pas ? » Elle a répondu : « D'accord. » Et maintenant, la machine est enclenchée. Dans les formes. Il y aura des fiançailles à Pâques et la cérémonie nuptiale le 12 juillet à Lambersart. Si tu ne le sais pas, Lambersart est une joyeuse cité (sinistre) dans les faubourgs de Lille. C'est là qu'habite la famille de Françoise. Ça me semble rigolo de penser que dans six mois je serai marié, mais comme dit l'autre : « Il y a des choses qu'il faut faire dans la vie. » Ça me donne, tu t'imagines, un coup de fouet supplémentaire pour préparer l'Agreg. Dans six mois, agrégé et marié, j'aurai tout pour devenir enfin un homme respectable !...

Voilà les nouvelles du continent. Je te laisse pour me plonger dans les charmes de la Guerre de Sécession puisque c'est un des sujets du concours. Y a-t-il des guerres nécessaires... bénéfiques ? Je n'engage pas la discussion, elle nous mènerait trop loin, toi et moi, et nous ferait peut-être nous disputer comme nous savons si bien le faire. Pour l'instant, je ne veux que te redire toute mon affection qui est immense.

Charles.

N.B. Je fais un colis de choses à toi que j'ai trouvées dans ma chambre. Je le dépose chez Alain et Muriel. Ils logent toujours à la même adresse. Mais si tu en as besoin tout de suite (il y a deux dossiers, l'un marqué : Références 52-54, l'autre : École) je te les enverrai par la poste. Fais-moi signe.

La veille, Lula avait appris qu'elle était enceinte. Le gynécologue avait dit : « La grossesse est certaine. » L'enfant naîtrait fin août-début septembre. Elle s'apprêtait, heureuse, à annoncer la nouvelle à Charles, persuadée qu'il en serait heureux, lui aussi. Et puis cette lettre était venue, celle qu'elle tient aujourd'hui en main, devant son feu, trente-huit ans plus tard.

Elle était partie dans les collines qui dominent Alger,

du côté d'Hydra, de Draria. Elle avait marché sous les pins maritimes. C'était le printemps, les amandiers étaient en fleur, elle s'était assise dans l'herbe, elle avait mâché des tiges de ces fleurs jaunes, que les enfants appellent « vinaigrette », et dont la saveur aigrelette lui avait fait venir les larmes aux yeux. Cet enfant, elle le garderait, elle l'aimait. Elle s'était mise à pleurer.

Larmes, sanglots, plaintes, gémissements. Une crise interminable.

Combien de temps Lula avait-elle pleuré ? Des heures et des heures. Hébétée, vaincue par sa détresse, se laissant emporter par elle. Un gros paquet de tourments la faisait suffoquer. La rage, Charles lui échappait. La jalousie, Charles marié avec une autre. La tristesse, les rêves d'amour, ceux qu'elle faisait avant, s'envolaient. La honte, comment avouer à ses parents, commerçants aisés, si attentifs à l'honorabilité, qu'elle attendait un enfant ? La peur, saurait-elle vivre dans ces conditions, pourrait-elle exercer un métier ? La colère, elle s'était conduite comme une écervelée, elle s'était cru tout permis.

En arrivant à Paris, elle avait choisi de jouer à « l'existentialiste ». Elle se sentait nulle, provinciale, sans vocabulaire, n'osant pas employer le français imagé et direct de chez elle. Privée des mots, elle arborait les apparences convenables ; elle portait des jeans et des tee-shirts, souvent elle marchait pieds nus. Elle avait défait son chignon de jeune fille de bonne famille et ses cheveux blonds coiffés en queue de cheval tombaient presque jusqu'à sa taille. Elle avait un corps de nageuse, long et athlétique, un corps des pays chauds aussi, épanoui, avec des seins et des fesses, et des hanches souples. Elle ne parlait pas mais elle dansait le jitterbug et le boogie-woogie mieux que les autres. De toutes ses forces, elle avait renié son éducation, sa religion, et son large bassin qu'elle avait destiné jusque-là au sexe d'un mari et aux enfants qu'il lui ferait. Elle avait eu des amoureux qui, eux aussi, jouaient : des petits-bourgeois qui singeaient les révolutionnaires, des provinciaux qui faisaient les Parisiens. Mais elle croyait être la seule à mentir.

Et puis elle avait rencontré Charles dont l'innocence l'avait éblouie. Elle y avait retrouvé sa propre innocence, sa pureté. Elle avait continué à jouer à la fille libre avec lui. Mais hier, en apprenant qu'elle était enceinte, elle avait été envahie par une joie capiteuse, un bonheur dans lequel elle flottait et qu'elle osait enfin accepter : le simple bonheur d'être la femme d'un homme qu'on aime et de porter son enfant... Et voilà cette lettre, Charles qui se marie. Quel traître ! Quelle peine !

Elle s'était allongée à plat ventre sur la terre tiède pour sangloter. Les sanglots, à la longue, l'avaient bercée, le soleil avait caressé son dos — dodo Lula, calme-toi, apaise-toi, dodo Lula, ne fais pas peur à l'enfant de Charles.

La terre d'Algérie sentait bon, il n'y avait pas d'autre lieu dans le monde pour donner le jour à son petit.

L'orgueil enfin. Elle avait pris une décision : elle ne dirait pas à Charles qu'elle était enceinte, elle ne répondrait même pas à sa lettre. Qu'il se marie, qu'il fasse le prof dans la froideur du Nord et qu'il y reste. Elle n'avait pas besoin de lui.

Lula tisonne, rajoute une bûche. Des étincelles se produisent et s'accrochent un instant aux parois de la cheminée où elles scintillent. Elle sourit : oui, ça s'était passé comme ça. Elle allait avoir vingt-cinq ans, il était temps d'avoir un enfant. Elle n'aurait pas de mari, et alors ? Et puis, si elle avait un fils elle l'appellerait Charles et si elle avait une fille elle l'appellerait Charlotte. C'était la meilleure manière, avait-elle pensé, de se débarrasser du père. Lula sourit et puis elle devient sérieuse.

« Témoins de l'âme. » Elle se souvient de ces articles. Scandalisée par la tournure que prenaient les événements en Algérie, par les interprétations qui en étaient faites, elle avait voulu aller aux principes, aux raisons de l'enracinement des musulmans et des chrétiens qui vivaient sur cette terre, à leurs âmes. Elle avait cherché des témoins du commencement : des gens, des lieux, des monuments, des paysages. Tout y était passé : les tribus qui transitaient avec leurs troupeaux entre la Tunisie et le Maroc. Avant eux les Mozabites, les Phéniciens, les Berbères, les Romains. L'implantation turque. Et les pieds-noirs pour finir, peuple d'aventuriers, d'aventureux, acharnés à se faire un pays dans les marécages saumâtres où grouillaient les moustiques à paludisme. Dans le dernier article de la série, elle avait pris comme témoin le vieux lion empaillé et mité qui trônait au centre de la vitrine du seul fourreur de la ville d'Alger, à l'enseigne de « Au lion de l'Atlas ». Étant enfant elle avait souvent et longtemps contemplé cet animal misérable. Oui, il y avait eu des lions en Algérie, l'un d'entre eux (peut-être celui de la vitrine ?) avait terrorisé Tartarin, faisant de cet aïeul pied-noir un grotesque héros…

Pourquoi tous ces gens si différents s'agrippaient-ils passionnément à cette terre pauvre ? Et elle-même, Lula, pourquoi ne voulait-elle pas que son enfant naisse ailleurs ? Il y avait une magie ici, dans ce sec, dans ce chaud. Un sortilège.

Lula va à la fenêtre. Le soleil est en train de se coucher. Elle rêve. Elle est loin. Elle est dans la chambre qu'elle partageait avec Charles à Paris, la ville était parée pour Noël. En Algérie, la guerre avait éclaté à la Toussaint.

Elle se voit annonçant à Charles qu'elle rentre chez elle. Elle ne supporte pas d'être si loin de son pays en ce moment. Et lui, il a l'air de prendre ça pour une rupture, il croit qu'elle le quitte. Il ne comprend pas ce qu'est l'Algérie pour elle.

— Tu devrais être contente : depuis que je te connais tu n'as cessé de me dire combien on abusait des Arabes là-bas. Eh bien voilà, ils se défendent, c'est parfait.

— Ce n'est pas si simple, Charles.

— Dis que tu veux me quitter, ne va pas me chercher tes états d'âme. Tu es pour les Arabes, très bien, tu es pour les Arabes.

— Ce n'est pas comme ça.

Et puis elle avait proposé, à un journal de province, d'écrire une série d'articles sur l'Algérie. Sa proposition avait été acceptée. Elle était partie en laissant tout derrière elle.

Elle revient vers le feu, le regarde. Elle prend la deuxième lettre.

Valenciennes, le 12 juillet 1962.

Ma chère Lula,

Tu vas t'étonner de recevoir une lettre de moi après tant d'années de silence. J'ai obtenu ton adresse par la Voix du Nord *qui a publié ton article (formidable !) intitulé « les méfaits de l'ordre » à propos de la révolte des quatre généraux. Intelligent. Chaleureux. Provocant. Comme tu sais le faire. Pendant tous les événements d'Algérie j'ai souvent pensé à toi, t'y devinant impliquée jusqu'au cou.*

Depuis quelques semaines je rumine trop de choses dans ma tête. C'est à toi qu'il faut que je les dise. En gros, je suis dégoûté par tout ce qui se passe en France. Je ne crois pas que j'aime beaucoup le Nord où je suis né.

La proclamation de l'indépendance de l'Algérie, le discours de De Gaulle (monument de supercherie !), la fin lamentable de la présence française, l'OAS, la médiocrité petite-bourgeoise où je baigne, au lycée, dans la rue, chez les marchands du quartier, et même dans la famille de Françoise, tout cela me touche beaucoup plus que je ne voudrais. Et pourtant j'ai tort de m'en faire. Tout le monde est content et part en vacances. On laisse le vieux se rengorger dans son palais ou dans son colombier (la chapelle de mes deux), comme s'il avait réussi un coup difficile à jouer. Ce ne sont pas ses talents de joueur qui me hérissent, j'aurais même secrètement une sorte d'admiration pour eux. Non, si je déteste ce bonhomme c'est surtout en raison de la vénération que les Français lui portent et qui charrie tous les ingrédients de la bêtise : le recours à l'homme providentiel, l'enthousiasme cocardier (un coup de Marseillaise *et de salut au drapeau et vive le Père Ubu !), l'obnubilation de la pensée par les mots — le salaud, il les utilise superbement, en bon élève des jésuites — ou par des images symboliques. Il le sait et ce n'est pas par hasard qu'il change de costume selon le type de ses apparitions à la T.V. Ce peuple français qui est, relativement à d'autres, assez politisé et qui, dans son fonds coutumier, dans sa pratique quotidienne, se révèle mesquin, calculateur et rancunier, oublie tout lorsqu'il s'agit de ses idoles ou plutôt ne veut se souvenir à leur propos que d'idées simples qu'on retient facilement. Pétain était l'homme de Verdun comme de Gaulle celui de Londres : des sauveurs. Ce qui a facilité la transformation de l'homme de Verdun en l'homme de Vichy (et de Montoire !) et de l'homme de Londres en l'homme d'Alger. On fait maintenant de ce dernier le champion de l'indépendance des anciens peuples colonisés. Ça, c'est trop fort. Personne ne veut relire le discours mythique de Brazzaville où, pour mobiliser à son compte les peuples africains, il leur offrait une vague intégration dans le sein de la grande Mère française (allons, enfants de la patrie.) Personne ne se souvient que la répression de Sétif, le bombardement de Damas, la reprise en main de l'Indochine par Leclerc se sont faits sur l'ordre de De Gaulle, que la guerre d'Algérie s'est prolongée sous son règne plus longtemps qu'elle n'avait duré dans le régime précédent, que d'idées en idées il en est arrivé à accomplir, en fait, le contraire de ce qu'il avait proclamé qu'il ferait. Et maintenant on voudrait nous le donner comme le grand penseur du XXe siècle ! Un homme d'idées, certainement, il n'en manque pas, simplistes et interchangeables. Des idées — c'est-à-dire des images — qu'il sait habiller d'un langage percutant et précis. Mais un homme de pensée, ah ça, non ! « La pensée gaullienne », comme j'ai lu hier dans un canard, c'est quoi la pensée gaullienne ? Je rigole à l'avance sur le travail que feront ses futurs exégètes pour dégager les lignes sublimes de la pensée du père de Gaulle !*

Bon, ça va mieux. Je me suis dégorgé. Excuse-moi de me servir de toi comme exutoire à ma hargne, mais je pense que tu peux en comprendre les raisons.

Une bonne nouvelle pour moi, je fous le camp de Valenciennes. J'y ai été pendant sept ans, professeur agrégé, marié, deux enfants (j'ai deux fils), parangon de la vertu et de l'honorabilité provinciales. Et je t'affirme que j'ai joué mon rôle avec beaucoup de talent. Mais ces sept années m'ont suffi. Je n'en pouvais plus. J'ai reçu avant la fin de l'année scolaire ma nouvelle affectation : Lisbonne. J'avais demandé un poste à l'étranger, n'importe où. Eh bien c'est fait, je l'ai. Et c'est Lisbonne. J'y cours. J'y vole. Lisbonne ! Inés de Castro, Pombal. Amalia Rodrigués et les lavandières qui font tip et tap, ça va nous changer des houillères du Nord et du Pas-de-Calais. Françoise et les enfants sont tout excités, moi aussi. Nous partirons vers le 15 août pour avoir le temps de nous organiser avant la rentrée des classes. J'enseignerai au Lycée français. D'après ce que j'ai appris c'est une grosse baraque (plus de mille élèves) mais l'ambiance est très sympathique. On verra sur place. J'ai comme le sentiment que ce départ est une chose essentielle pour ma vie. Si j'étais resté une année de plus à Valenciennes, j'y aurais fini mes jours et il y a quand même mieux à faire dans l'existence.

Et toi ? J'imagine que toi aussi tu dois être bouleversée par ce qui s'est passé depuis plus de sept ans et qui vient de s'achever il y a quelques jours. Je repense aux discus-

sions que nous avions ensemble au tout début de cette sale histoire. Pouvions-nous imaginer qu'elle aboutirait à la corruption généralisée qui a atteint tout le pays ?

Alain — tu te souviens d'Alain ? — est parti il y a trois semaines à Alger. Alors que tous les Français s'en vont, lui, il y va. Il prétend qu'il faut y être, que c'est maintenant que les vraies choses se passent. Il a appartenu au réseau Jeanson et peut-être veut-il poursuivre dans la paix une activité qui l'avait mobilisé pendant la guerre. Je trouve qu'il a tort. Je le lui ai dit. Je l'ai traité d'ancien combattant. On s'est quittés en assez mauvais termes. Il n'est plus avec Muriel. Je crois que son engagement politique n'est pas étranger à leur séparation.

Au revoir, belle Lula. Ate logo, *comme on dit en portugais. Ceci pour te prouver que je prends au sérieux mon transfert sur les bords du Tage et que je potasse la méthode Assimil. Je t'embrasse très fort.*

Charles.

Lula pleure. Il y a trente ans que ces larmes lentes et chaudes attendaient de couler ; ce soir elles ont enfin forcé le barrage et elles se répandent comme un onguent apaisant.

Pourquoi est-elle enfin délivrée du chagrin qui revenait toujours avec le souvenir de cette lettre, inséparable d'elle ? Jusqu'à ce soir Lula avait pensé qu'elle pleurait sur l'Algérie perdue. Et perdue comment ! Dans la honte. La métropole avait commis une guerre inutile où elle avait tué et fait tuer ses enfants, une guerre qu'elle avait perdue. Vexé, le pouvoir français s'était retiré en laissant le chaos derrière lui. Un chaos qui n'a fait que s'accroître au cours des années. Lula croit que le plus grand crime commis en Algérie est un crime culturel. La France est partie en abandonnant un peuple qu'elle avait, pendant plus de cent ans, privé de son identité ; un peuple de bâtards qui ne savait ni lire ni écrire sa langue, qui ne connaissait pas son histoire. Comme des enfants, ils s'étaient d'abord donné un drapeau et un hymne national, puis ils avaient imité la politique des parents adoptifs, reproduit leurs erreurs, ils s'étaient conduits comme des Français musulmans de gauche et de langue arabe, et ils avaient échoué. Comment auraient-ils pu se conduire autrement ? Et comment, dans ces conditions, auraient-ils pu gagner ? Ils ne savaient pas qui ils étaient.

Ils sont musulmans, ils n'ont pas d'autre identité. Et cette identité les dépasse, cette religion par laquelle ils veulent se définir, et à laquelle ils s'accrochent, a toute une histoire dont la France les a privés pendant cent trente années. L'islam est plus qu'une religion, c'est une culture qui n'appartient pas qu'à eux… Quelle est leur spécificité ? ils s'y perdent…

Mais ce n'est pas à cause de ça que Lula pleure ce soir. Non, ce n'est pas à cause de ça, c'est à cause de Charles. Elle cède enfin, elle admet que cette lettre avait été pour elle à la fois un grand bonheur et un crève-cœur. Elle signifiait que Charles la suivait de loin, qu'il s'intéressait toujours à elle. Il lui disait des choses qu'elle avait envie d'entendre et il les énonçait exactement comme elle désirait qu'elles soient énoncées… Ils s'entendaient bien tous les deux.

En 1962, Lula avait pensé qu'elle ne quitterait pas l'Algérie, qu'elle y resterait, qu'elle deviendrait algérienne. Ses parents étaient partis depuis deux ans, ils avaient acheté une terre en Provence. Avec Charlotte, qui allait avoir sept ans, et Daïba, elle occupait seule la grande maison familiale. Il lui arrivait d'avoir peur le soir, et elle détestait cette peur. Elle était une Algérienne, elle n'avait rien à craindre dans son pays…

Pourtant, au mois de juillet, elle a accepté l'offre de collaboration qui lui était faite par un journal parisien. Elle a quitté l'Algérie parce qu'elle ne pourrait pas y exercer son métier librement. Elle ne pouvait plus vivre sans le journalisme, elle avait contracté cette maladie, maintenant qu'elle avait ça dans le sang, elle ne pouvait plus s'en passer.

Trente et quelques années plus tard, Lula sait que la lettre de Charles n'était pas étrangère à sa décision de s'établir en France. Mais, à l'époque, elle n'aurait pas admis que Charles lui manquait à ce point. Son orgueil le lui interdisait. Elle ne quittait pas l'Algérie pour se rapprocher de lui, pour être encore lue par lui, sûrement pas. Mais, sans la lettre de Charles, serait-elle partie aussi vite ?

— Non.

Ce soir elle est délivrée. Elle pleure devant son feu, elle aime Charles tranquillement.

En arrivant à Paris elle avait loué un appartement dans le Ier arrondissement où elle avait installé Charlotte et Daïba. Plus tard Charles a appelé ce lieu « le gourbi ». Il avait raison : quand Lula rentrait de reportage elle savait que chez elle ça sentirait le couscous ou la chorba. Et c'était bon.

Il est onze heures du soir : il doit être rentré. Elle l'appelle. Il répond.

Lula :

— Te voilà de retour !

— Ah c'est toi Lula, justement je pensais à toi. Sais-tu comment je suis parti pour Madrid ?

— Je n'en ai pas la moindre idée.

— Devine.

— Charles, il y a longtemps que je ne te pose plus de questions sur tes faits et gestes et que je ne cherche plus à deviner tes aventures.

— Mais, écoute, tu vas rire.

Le voilà qui s'embarque dans une histoire compliquée qu'elle écoute à moitié. Elle entend sa voix, ses intonations, elle se laisse charmer par cette manière qu'il a d'articuler certains mots, de les détacher pour les faire sonner. Depuis qu'elle a relu les vieilles lettres, le Charles de sa jeunesse ne l'a pas quittée, elle a retrouvé l'amour tendre et agacé qu'elle avait pour lui. La voix de Charles n'a pas changé… Finalement Lula dit :

— Ça tient toujours pour demain ?

— Évidemment.

— Et c'est toujours liberté-égalité-fraternité ?

— Absolument.

— Pourquoi pas travail-famille-patrie ?

— Tu te moques de moi ?

— Non, c'est moi qui pense que tu te moques de moi.

— Mais pas du tout, c'est très sérieux.

Le jeudi en début d'après-midi, il jaillit de sa voiture en lançant « liberté-égalité-fraternité. Me voilà ! » Et, immédiatement, comme à son habitude, il part dans un discours :

— Tu as tort de penser que je veux me moquer de toi. Mais je ne chercherai pas à t'en convaincre, je ne suis jamais arrivé à te convaincre de quoi que ce soit.

— Oh, ça y est…

— Laisse-moi finir. Ça c'est passé comme je te l'ai dit au téléphone. J'étais pressé. J'ai jeté sur un bout de papier ce qui m'est passé par la tête. Ensuite, dans la voiture j'ai réfléchi. Tu me connais. Je fonctionne souvent de cette façon. Je fais des choses et, après coup, je me demande : « Qu'est-ce que j'ai fait ? »

» Liberté-égalité-fraternité ; c'était pour dire, après la nuit à Marseille, que la règle de notre jeu, cette obligation de se donner des thèmes pour nos entretiens, me semblait à la fois intangible et dérisoire, en tout cas sans gravité. Le sujet pouvait être n'importe quoi : la queue du chat balance, les deux infinis, le roseau pensant, la pierre qui roule et qui n'amasse pas mousse, les devises ou les slogans les plus éculés, n'importe quoi.

» Et puis, du côté de Senas, ou de Salon, je me suis dit que, quand même, ce que j'avais proposé n'était pas n'importe quoi : une maxime, qui a représenté l'idéal de millions d'êtres humains pendant deux siècles, ce n'est pas n'importe quoi.

» Or cette formule m'était venue spontanément dans une chambre d'hôtel, au bord de la Méditerranée, où j'étais avec toi. Est-ce que « liberté-égalité-fraternité » pourrait définir ce qu'est, tout compte fait, notre relation ou l'idéal de ce que serait notre relation, si nous acceptions que notre « fraternité » pût être incestueuse ?

» J'ai pensé ensuite que les trois mots de la devise révolutionnaire qui, si longtemps, ont eu une valeur sociale, sinon politique, conservent encore, dans les rapports intimes, individuels, une vertu réelle. À la mesure de petits groupes, du couple, des entreprises artisanales, des cellules de recherche, je ne connais rien de mieux. Et j'ai toujours vécu heureux lorsqu'il m'est arrivé de partager la vie des gens qui respectaient cet idéal.

— Ces trois mots sont beaux. Mais, collés ensemble, dits ou écrits dans cet ordre, gravés dans la pierre des édifices publics, ils me hérissent. Je les prends pour une injonction. Ils tombent de la bouche d'un maître qui m'ordonne : « Fais ce que je dis et ne fais pas ce que je fais. »

— La maxime cloche dans notre société actuelle, c'est incontestable, il serait peut-être temps de la modifier.

» Le mot liberté est un mot splendide, pur, intact, mais, pour moi, il change de sens selon qu'on a à la conquérir ou à la défendre. Comme si conquérir la liberté avait un sens collectif, alors que défendre sa liberté avait une valeur individuelle. Dans nos sociétés occidentales où la tyrannie, l'autocratisme, l'occupation de territoires usurpés ont, grosso modo, disparu (du moins sous leurs formes les plus insultantes), mais où, en revanche, la vie collective impose de plus en plus de contraintes, le mot liberté ne suffit plus ou manque de précision. Je n'aime pas les idéaux passifs : préserver sa liberté, conserver sa liberté, garder sa liberté, perpétuer sa liberté, défendre sa liberté... Je ne sais pas quel mot pourrait nous projeter dans l'avenir plutôt que de nous faire camper sur nos positions : Choix ? Aventure ? Risque ?... À nous de trouver.

» L'égalité, ça c'est un leurre. L'égalité parfaite c'est le clonage, le ratiboisage de tout ce qui est différent, hors des normes, étrange. Ce que les révolutionnaires avaient en tête en employant ce mot c'était, je crois, l'égalité devant la loi commune ; ou plus précisément une loi égale pour tous. Ça s'appelle la justice.

» Quant à la fraternité, politiquement, c'est devenu ridicule. Déjà au départ, ça sonnait trop chrétien pour des gens, ceux de 1789, qui étaient inspirés par la philosophie des Lumières. Chrétien et familial. Deux forces qui sont par nature réactionnaires, l'une fondée sur une révélation, l'autre sur une réalité biologique. Dans l'idéal d'une société moderne, je préférerais le mot de solidarité. Qu'ils le veuillent ou non les six milliards d'hommes d'aujourd'hui, les dix ou quinze milliards de demain sont réellement solidaires, tous embarqués sur le même bateau. Et il est plus sage de déguiser en vertu, parfois même en plaisir, l'obéissance à des lois inéluctables.

» J'étais à Moscou en novembre dernier. J'ai vu de près la désintégration de tout un système social. La cruauté, la tristesse, la peur quotidienne, la douleur agressive règnent dans les boulangeries, les transports en commun, les magasins d'alimentation (ça s'appelle des gastronomes !), les boutiques où il n'y a à acheter que de la saloperie et encore pas tous les jours. J'ai été frappé par les regards sombres, éteints, hébétés de ces gens qui ne comprenaient rien à ce qui leur arrivait, qui avaient perdu tout espoir de comprendre et qui se soumettaient à un cauchemar. Par chance, il ne faisait pas froid. Toutes les images mythologiques de l'hiver russe me revenaient à l'esprit : la Berezina, chevaux et soldats morts pétrifiés dans la neige, l'hiver 1941-1942. Je me suis dit : s'il fallait, qu'en plus, ils aient froid ce serait épouvantable !

» Et puis un jour, ça devait être au début de décembre, le froid est venu. Pas terrible, mais tout de même, dans les -10, -15. Et qu'est-ce que j'ai vu ? D'un seul coup, une sorte d'allégresse. Oui Lula je t'assure que je n'exagère pas, une allégresse s'était répandue dans la ville ! Les passants, joues rouges, yeux brillants, s'interpellaient joyeusement, s'amusaient à glisser sur les trottoirs gelés, se soutenaient les uns les autres pour traverser les rues défoncées, tapaient des pieds en cadence. Je les ai entendus rire.

» Ils retrouvaient une situation difficile, inconfortable, mais qui était du domaine de l'inévitable : la décision des dieux. Et les dieux ont leurs caprices... On peut s'y installer avec santé, courage et même humour, qualités dont le peuple russe ne manque pas, il n'y a rien d'autre à faire. Tandis que la hargne sourde, qui les habitait avant, venait sans doute du sentiment que face au scandale de leur propre pays, un pays riche et puissant qui les laissait crever de faim dans un délabrement généralisé, il y avait quelque chose à faire. Mais quoi ? Personne ne savait quoi faire. Tu comprends ?

» Je me perds, mais c'est pas grave...

» Non, ce que je veux dire c'est que la solidarité nous est maintenant imposée par le développement de la vie sur Terre. Et que cette solidarité, plutôt que d'y voir une oppression, nous devrions la prendre comme une occasion de requinquer nos civilisations fatiguées. Je suis heureux de voir la fin du XXe siècle, l'irruption de la bâtardise, du métissage, du méli-mélo intercontinental. La pureté m'ennuie. Et quand je vois une assemblée où tout le monde se ressemble, que ce soient des jeunes, des vieux, des postiers, des anciens combattants, des Blancs, des Noirs, des mères de famille, des hommes politiques, des Croates, des Serbes, des Juifs ou des goys, tous assis sur leur identité, défendant leur pureté raciale, professionnelle ou religieuse comme un chien son os, j'ai envie de fuir. Tout ce qui est UN me dégoûte. J'ai horreur du monothéisme, de la monogamie, du monopartisme, de tous les monopoles. Je trouve tout cela épouvantablement monotone…

Ils sont dans le jardin de Lula. Il pérore dans le soleil couchant. Elle l'écoute.

L'écoute-t-elle ? Elle a le regard tourné vers la terre, de temps en temps elle arrache une mauvaise herbe, replace quelques pierres autour d'une pousse qu'elle a dégagée, s'appuie sur l'épaule de Charles pour se hisser vers la tige haute d'un chèvrefeuille, qu'elle accroche à un clou. Activité continue, précise et comme étrangère à son discours. Il ne sait jamais lorsqu'elle soupire ou grogne légèrement si cela vient de ce qu'il dit, de ce qu'elle peut en penser, ou si c'est simplement le caprice d'un iris ou d'un coquelicot qui l'émerveille ou la contrarie. Il a l'impression de parler dans le vide. Un vide rempli de la douceur du soir, des parfums du printemps, du petit vent qui chaque jour à la même heure s'éveille et s'assoupit, de la présence lointaine et pourtant, il le sait, attentive de Lula.

— Tu m'écoutes Lula ?

— D'une oreille.

— Pourquoi ?

— Dès le début, tu as parlé de notre « fraternité ». Je ne pourrais jamais être ton frère. Ta sœur, peut-être… Enfin, tu vois, tout serait à l'avenant, avec ce sujet… Quoi qu'il en soit j'avais décidé de ne pas parler. Je n'ai pas envie de me disputer avec toi.

— C'est pourtant dans la dispute que nous nous entendons le mieux.

— Tu as raison. Mais il existe un autre lieu d'entente pour nous et c'est là que je veux me tenir.

— Où ?

— Dans le silence. Dans le non-dit, plutôt. Figure-toi qu'hier j'ai déterré un paquet de vieilles lettres que je n'avais pas relues depuis des décennies. Je me demande même si je les ai jamais relues…

— Des lettres de qui ?

— De toi.

— Tu gardes mes lettres !

— Certaines. Pas toutes, la maison entière n'y suffirait pas. Mais, celles du début je les ai toutes.

— Qu'est-ce que tu appelles le début ?

— Paris. L'Algérie. Charlotte.

— Mon Dieu !

— Tu veux les lire ?

— Je n'y tiens pas.

— Dommage. Moi ça m'a permis de survoler l'histoire que nous avons vécue, la nôtre et l'autre aussi, celle des gens. Que ce soit politiquement ou personnellement. Ça m'a fait prendre du recul. On a le nez collé sur aujourd'hui et demain, un peu sur hier, mais sur avant-hier… On oublie. J'aimerais que tu les relises.

— Ce serait une corvée.

— Mais non, viens, fais-moi plaisir. D'ailleurs c'est l'heure de rentrer.

Lula installe Charles dans le salon avec un verre de whisky et dépose le paquet de lettres sur ses genoux. Il lit la première, la deuxième, sans commentaires. Il prend la troisième, la commence, la pose sur l'accoudoir du fauteuil, semble gêné, la reprend.

Lisbonne, le 25 février 63.

Lula,

Je ne sais pas si tu as reçu ma précédente lettre, d'il y a cinq ou six mois, ou si elle s'est perdue ou si tout simplement j'ai oublié de te l'envoyer. C'est que je viens de passer une période où je ne savais plus très bien ce que je faisais, ce que j'étais. Les jambes coupées, l'esprit flou. Dans le noir.

Françoise est morte le 12 décembre. Un cancer fou-

droyant qui s'est emparé d'elle deux mois après notre arrivée à Lisbonne. Nous venions juste de nous installer dans notre nouvelle maison. Tout allait bien. Au lycée j'étais content de mon travail. J'avais reçu la charge des cours d'Histoire de la 3e aux Terminales. Les enfants, Simon et Louis, avaient fait une très bonne rentrée. Françoise elle-même espérait un emploi à mi-temps au Consulat à partir du 1er janvier. Nous étions heureux d'avoir coupé avec la France, d'être tous les quatre, loin de la famille, du Nord, dans un pays nouveau, des habitudes nouvelles, un autre climat. Pour nous aussi, il était important de nous retrouver l'un l'autre, plus jeunes, plus vivants, d'échapper à l'engourdissement, la lassitude, et même l'ennui qui nous rongeait à Valenciennes. Le Portugal c'était notre chance. Nous allions repartir de zéro. Et puis l'impensable s'est produit. Françoise avait depuis toujours un grain de beauté sur la hanche gauche. Elle disait que c'était sa marque de fabrique, moi, mon point de repère. On en riait. C'est de là que le mal est parti. Au cours d'un examen gynécologique banal, le médecin qui la voyait pour la première fois l'a alertée lui disant de se faire examiner immédiatement. Françoise ne s'est pas effrayée. Ce grain de beauté elle l'avait depuis sa naissance. Pourtant en bonne patiente, bien obéissante comme toujours, elle a fait faire des analyses. Et d'un seul coup, comme s'il avait attendu ce signal, le cancer s'est déclenché. On a tout essayé. Je te passe le détail. Dès le début novembre je savais qu'il n'y avait plus rien à faire. Seulement attendre la fin en épargnant la souffrance. Françoise n'a pas voulu retourner en France. Elle n'a averti son père que dans les derniers temps. Sa mère était morte dans des conditions à peu près semblables deux ans auparavant. Jeanne Laurence — tu te souviens d'elle ? — qui était en poste à Madrid s'est libérée pour venir me donner un coup de main. Sa présence a été inappréciable, car les enfants sont petits (six et quatre ans) et j'étais complètement débordé, écartelé entre l'hôpital, le lycée, la maison, perdu dans ce pays où je ne connaissais personne. Elle est arrivée à la mi-novembre et n'est repartie que pour Noël emmenant les enfants d'abord à Madrid, puis à Lambersart chez la sœur aînée de Françoise qui les prendra en pension toute cette année. C'est une personne très bien qui est mariée à un notaire et n'a pas d'enfants. Disons que dans la famille de Françoise, c'est le couple que j'avais toujours trouvé le plus sympathique. Ils ont, tous les deux, une quarantaine d'années, sportifs, rigolards. Simon et Louis les connaissent déjà et s'entendent bien avec eux.

Moi je resterai à Lisbonne, au moins jusqu'à la fin de l'année scolaire. Après on verra.

Je suis donc seul pour de vrai. Je m'aperçois que depuis huit ans je n'ai jamais été seul. C'est aussi la première fois de ma vie que je vois la mort au travail. L'accident de mes parents, ç'avait été autre chose. Une rupture brusque, sans histoire, un départ en voyage. Ici j'ai vu de jour en jour le progrès de la maladie, le corps qui se rétrécit, le regard qui s'enfonce. La mort arrive à la fin, comme un soulagement, une libération. Et maintenant, depuis deux mois, c'est comme un cauchemar fini. Je me demande ce que j'ai vécu. Je fais mes comptes.

Tous les matins je me lève très tôt. Je vais sur une plage que j'aime entre Estoril et Cascais. Je cours comme un fou dans le sable. Il fait froid mais c'est bon. Je me jette dans l'eau, je me secoue, je crie, j'essaie d'arriver au bout de ma respiration. Quand mon cœur bat fort, je suis bien. Je reprends ma voiture au moment où le soleil commence à chauffer. Je rentre chez moi, avale mon café et le travail démarre. Heureusement qu'il y a le travail. J'aime enseigner. J'aime la matière que j'enseigne.

C'est comme si cette séparation m'obligeait brutalement à me demander : qu'est-ce que j'aime ? Ou, mieux, d'abord, qu'est-ce que je n'aime pas ? Et, c'est terrible, il n'y a qu'à toi que je puisse le dire, je découvre que je n'aime pas le genre de vie que j'ai menée jusqu'à présent.

Je n'aime pas Valenciennes, je n'aime pas la France, je n'aime pas le rythme hebdomadaire de l'enseignement, le lundi ceci à telle heure, le mardi cela, le mercredi, etc. et la semaine suivante ça recommence selon la même grille ! Je n'aime pas la famille et les rôles permanents qu'il faut y jouer. Je n'aime pas l'amour en carte. Je déteste l'épuisement du désir. Est-ce cela qu'on nomme le bonheur ? Si oui, je n'aime pas le bonheur.

Tu sais que je ne suis pas croyant et pourtant dans des moments pareils la foi en Dieu doit être une aide. Mais je n'envie pas les croyants. Les envier serait pour moi aussi stupide que d'envier les gens qui ont la peau noire ou les yeux bridés, puisqu'il est impossible que je sois jamais comme ça. Et puis ce n'est pas parce qu'une pensée est rassurante qu'elle est juste. La vie m'apparaît comme un espace à remplir, un espace dont je ne connais pas la limite finale. La remplir avec ce que je suis, découvrir ce que je peux être en remplissant la trame des jours du matin au soir et du soir au matin, car c'est la seule trame incontestable ; être fidèle à l'éphémère : refuser de me définir. Définir c'est terminer, c'est faire prétentieusement le travail de la mort. Le « connais-toi toi-même » socratique ne me séduit qu'à titre d'amusement de l'esprit et non comme une règle morale. J'aime mieux le précepte de Montaigne : jouir parfaitement de son être.

Quelle étrange contradiction : tournant sur moi-même, seul, furieusement décidé à vivre ma vie sans références, je me réfère à des slogans culturels. C'est dans mon sang. On ne vit pas sans histoire. Bon, je l'accepte. Ce que je n'accepte pas c'est que l'histoire, mon histoire, soit fermée. Aujourd'hui débute ma réalité. Demain, débutera mon autre réalité. Et encore le jour suivant. Je me fais de moi l'image d'un chien échappé qui veut mordre au réel. Et pourtant, il est une heure de l'après-midi, le chien échappé va ranger toutes ses copies corrigées dans son cartable (comme il y a vingt ans quand je partais à l'école), et il ira au lycée pour enseigner la jeunesse ! Je rêve d'une école libre sous les oliviers, au bord de la mer, dans le vent...

Ma chère Lula, tout cela est un peu incohérent mais au point où j'en suis je ne me soucie pas de cohérence et si je t'écris ce n'est pas pour chercher ta compassion, encore moins ta pitié, c'est seulement que j'en ai eu le désir.

Je t'embrasse.
Charles.

Charles a rangé la lettre à sa place, la troisième, dans le paquet. Il soupèse le tas, le pose sur la petite table, façon de dire qu'il n'ira pas plus loin. Brusquement, il se tourne vers Lula. Les yeux dans les yeux, en arrêt, il lui dit :

— Et alors ?

Lula est désarçonnée par ce regard sérieux, presque agressif. Elle ne répond pas. Lui :

— Qu'est-ce que tu veux me faire dire ?

— Mais rien, voyons !

Charles se lève, son verre à la main. Il est immobile, dans le vague. Lula attend.

— Quand je suis parti de France pour la première fois je sentais, je savais que quelque chose de décisif se préparait. Entre Françoise et moi, il ne s'agissait pas de recoller les morceaux, il n'y avait pas de morceaux ; notre vie était plane, plate, égale, compacte et je n'imaginais pas une rupture. À l'époque, j'arrivais même à me convaincre que j'étais heureux, jouissant de biens enviables : une profession que j'aimais, une aisance suffisante, une femme, des enfants. Notre organisation était terne mais je pensais que l'installation à Lisbonne lui donnerait de la couleur. Je n'aurais rien fait pour la détruire. La mort s'en est chargée et m'a libéré.

» Libéré de quoi ?

» Du « il faut ». J'ai découvert le « je veux, je désire » et toutes les conséquences que cela implique. Par ruse, par lâcheté comme tu dis, je me suis toujours tenu à l'écart du «j'exige». Il y a une sorte de chantage qui, venant des autres me révulse, et qui venant de moi me semblerait ridicule. De quel droit, exiger? Personne n'a de droit sur personne et il n'y a pas d'amour obligatoire...

»Pourquoi j'aime Charlotte? Peut-être parce que, n'ayant pas, du fait des circonstances, pataugé avec elle dans la soupe familiale, je l'ai découverte tard et lentement comme un être indépendant de moi, qui m'a touché, intéressé, séduit. Je ne ressens pas du tout la même chose à l'égard de Louis et de Simon avec qui j'ai pourtant partagé, jour après jour, les premières années de leurs vies. Je ne dis pas qu'ils m'ennuient, mais presque. Ils sont des devoirs.

Lula et Charles restent silencieux. Ce n'est pas la première fois qu'ils parlent «des enfants», mais aujourd'hui Charles y met une intensité inhabituelle, presque de la méchanceté. Tout d'un coup un grand sourire s'empare de son visage. Il dit doucement :

— Et puis Charlotte est une femme.

— Je m'excuse.

— De quoi?

— De t'avoir fait lire ces lettres. Je pensais qu'elles nous serviraient de tremplin pour parler du sujet d'aujourd'hui... Tu sais, j'ai occulté ton mariage, je n'en tiens jamais compte quand je pense à toi, à nous. J'avais dit à Charlotte que son père était parti pour un très long voyage. Elle a pu te rencontrer au moment où il aurait fallu que j'en dise plus. Voilà, il y a eu ce voyage, c'est tout... Je n'aurais jamais dû te donner à lire ces lettres.

— C'est fait... Tu connais mes fils tout de même.

— À peine, je ne les ai pas vus dix fois. Je ne les connais qu'à travers Charlotte qui les adore, surtout Simon qui a presque le même âge qu'elle. Tu t'en es si peu occupé.

— Ils étaient bien dans la famille de Françoise. Je les

voyais quand je passais en France… Maintenant ils ont fait leur vie sans moi. Je les vois rarement. Je n'arrive pas à les dissocier des années que j'ai passées avec leur mère. Dieu sait que je n'ai rien à reprocher à Françoise, vraiment rien. C'est moi que je déteste pendant cette période.

— N'en parlons plus.

Lula prend les lettres, refait le paquet avec le vieil élastique rouge et les range dans leur tiroir. Elle revient vers Charles, s'assied sur le tapis au pied de son fauteuil. Elle regarde dans le vide. Ils ne disent rien. Enfin, elle appuie sa tête sur une jambe de Charles.

— Tu n'as pas connu Charlotte à l'époque où elle parlait un jargon franco-arabe qui scandalisait mes parents.

— Je le sais, je l'ai entendue parler avec Daïba. Elles avaient un langage qui leur était propre.

— Daïba a été sa véritable mère… Je ne me suis pas beaucoup occupée de Charlotte moi non plus. Nous n'avons pas été des parents exemplaires.

— Tu le regrettes ?

— Non. Je n'avais pas une bonne influence sur Charlotte, je dramatisais trop, je culpabilisais trop. Quand elle est entrée dans l'adolescence, juste après la mort de Daïba, ç'a été terrible. Mes parents étaient trop vieux, dépassés par les événements…

— Moi j'étais à Dakar. Quelle période !

— Moi j'étais complètement absorbée par mon métier, c'était l'époque de la guerre froide entre l'Est et les États-Unis, de l'Irlande… Je ne crois pas que les femmes soient plus qualifiées que les hommes pour s'occuper des enfants. Les neuf mois de grossesse faussent les rapports des femmes avec leurs enfants. Elles croient les connaître… Tu imagines ce qui pesait sur la petite vie de Charlotte le jour où elle est venue au monde ? Ton absence, la guerre d'Algérie, la bâtardise… Heureusement qu'il y a eu Daïba.

Charles coupe brutalement.

— Au fond, les histoires de femmes ne m'intéressent

pas. Les femmes m'intéressent, pas leurs histoires. Les éternelles questions sur la féminité, la maternité, les femmes plus épouses que mères ou plus amantes qu'épouses, plus vaginales que clitoridiennes, ou le contraire, toutes ces façons de gérer la vie privée ont engendré une littérature publique, un discours d'une lourdeur incommensurable.

» En ce qui concerne la cause des femmes, ma position est devenue très simple : je suis indéfectiblement pour un bouleversement des lois, puis, comme conséquence de ce bouleversement des lois, une transformation radicale des structures sociales qui assurerait l'égalité des hommes et des femmes, comme membres de l'espèce humaine, c'est-à-dire des mammifères pourvus d'une intelligence spéciale, de la capacité de fabriquer des objets, de surmonter les décrets de la nature, de faire des choix individuels dans la façon de manger, de baiser, de se vêtir, qui, de plus, inscrivent leur vie dans une histoire en exerçant leur fonction fabulatrice.

» Mais le tatillonnage sur les mots qu'on emploie tous les jours m'excède.

— Qu'est-ce qui te prend ? Pourquoi tu dis ça ?

— Pourquoi je dis ça ? Tout à l'heure, tu m'as harponné sur le terme de fraternité, j'aurais dû employer un néologisme barbare du genre fraterno-sororité. Dans un cas comme ça, moi, j'ai envie de devenir pédant. J'entends par fraternité un lien qui n'a rien à voir avec la sortie d'un même ventre, mais qui désigne le choix d'une appartenance à une même tribu, à un même clan, à une même phratrie. Je ne vois pas pourquoi la fraternité telle que je l'entends ne pourrait pas englober les deux sexes. Tu sais que je n'aime pas beaucoup les « fraternités » de soldats ; les astuces et les confidences d'hommes entre eux ne me séduisent pas outre mesure. Elles avalisent et prorogent l'idée d'une guerre entre les hommes et les femmes. Or cette guerre, à l'âge que j'ai, je dois dire que je ne l'ai jamais vraiment connue…

» C'est peut-être la mort de Françoise et le genre de vie que j'ai eue après qui m'en ont préservé…

Lula éclate de rire.

— Celle-là, je ne m'y attendais pas, c'est la meilleure.

— Qu'est-ce que tu veux dire ?

— Tu te sers de ton veuvage pour justifier ta conduite virile (je ne dis pas misogyne), ça, c'est la meilleure. Ton veuvage, c'est ta chance, Charles ! Un veuf c'est comme un saint, on ne peut rien lui reprocher. Il a tous les avantages du célibataire et aucun des inconvénients. Il a connu le couple, la famille, le ménage, et il en est sorti indemne, ça lui donne le droit d'en parler. C'est fou ce qu'il y a comme veufs. Je n'y avais jamais pensé. Je n'avais jamais pensé que les maris des innombrables femmes qui ne sont plus rien, plus personne, à force d'être des épouses, sont des veufs. Tous les hommes qui sont contre l'avortement sont des veufs. Tous ceux qui trouvent que les filles qui se font violer l'ont bien cherché sont des veufs.

» Charles, tu l'as dit, les histoires de femmes ne t'intéressent pas. Je le sais. Au moins as-tu l'honnêteté de le dire. Restons-en là, veux-tu. Une femme de mon âge, qui a élevé son enfant seule, qui s'est battue pour exercer son métier… Enfin… Je ne crois pas qu'un homme et une femme de notre génération puissent honnêtement parler de la liberté, de l'égalité et de la fraternité sans finir par s'étriper.

» Si nous allions au cinéma ? On passe un bon film je crois au cinéma du village.

— À quelle heure ?

— Huit heures et demie.

— Alors on se dépêche. On a juste le temps.

Sixième jeudi

Charles sort de sa voiture avec un air sombre et déclare d'emblée :

— J'ai failli ne pas venir.

Pourquoi ?

— Je n'ai pas aimé notre rencontre de jeudi dernier. Ça m'a trotté dans la tête…

— Les lettres !… Te connaissant, je n'aurais pas dû faire ça. Mais je croyais que le film, ensuite, t'avait changé les idées…

— Tu parles ! Depardieu jouant Depardieu ! C'est comme Jean-Louis Barrault ou de Gaulle, ces gens-là jouent toujours le même rôle. Non… Le coup des lettres, je ne suis pas près de l'oublier.

Lula voit que Charles est sérieux. Elle va vers lui, se plante devant lui, l'entoure de ses deux bras, et l'embrasse doucement, à petits coups, au coin des lèvres. Elle murmure :

— Charlot, mon Charlot… Cette méchante Lula, elle t'en aura fait voir…

— Tu peux le dire.

Il va succomber. Mais il décide de feindre l'indifférence, repousse Lula, fouille dans une de ses poches, en sort des feuilles de papier pliées en quatre, et les brandit :

— J'ai un texte.

— Pour quoi faire ?

— Tu as proposé « le nouveau » comme thème de notre

entretien, eh bien, j'ai écrit deux ou trois choses sur le sujet.

» J'ai cru que je ne viendrais pas. Je pensais t'envoyer mes élucubrations par la poste. Mais j'ai eu peur que tu m'accuses, une fois de plus, de lâcheté. Je t'entendais me dire : « La vérité c'est que tu ne veux pas parler de ce sujet, il te dérange. »

— Quel drame ! Vraiment. Je croyais être la seule à faire des drames. Qu'est-ce que tu vas chercher ! En quoi le nouveau peut-il te déranger ? J'ai proposé « le nouveau » parce que le jeudi où nous devions parler de « demain », nous n'avons rien dit.

— Je te fais remarquer que nous ne disons jamais rien, Lula.

— Qui dit quelque chose ? L'humanité entière, depuis qu'elle existe, depuis des millénaires, a dû fournir un penseur par siècle, mettons deux, soyons généreux. Si nous étions un de ceux-là, ça se saurait… C'est toi qui as proposé ces rencontres « thématiques et systématiques », comme tu dis.

— C'était pour faire le point…

— Pour parler de nous…

— Oui, mais pas pour mettre le nez dans nos déjections, nos mesquineries, nos souvenirs à la con.

Lula sait l'importance que Charles donne à ce qu'il écrit. Quand il s'attable devant une feuille de papier, il s'enfonce dans des réflexions et des démonstrations rigoureuses, il est très sérieux, il ne craint pas d'ennuyer. C'est dans l'écriture qu'il est le plus honnête. Il ne joue pas avec ça. Refuser de lire ses pages serait le blesser gravement.

Elle n'échappera donc pas au texte de Charles.

— Qu'est-ce que tu vas faire pendant que je lirai ?

— Je marcherai. J'en ai besoin. Je suis resté enfermé toute la semaine.

Et, sur-le-champ, il décampe.

Lula le voit sauter par-dessus le ruisseau qui borde la cerisaie, puis se diriger vers la colline toute jaune de genêts. Elle l'envie d'aller là : elle trouve que les genêts sentent l'Asie.

Quand le printemps touche à sa fin, parfois, Lula se rend sur la colline. Elle y éprouve, à cause du parfum des genêts en fleur, une émotion trouble. Elle se souvient d'un bar de journalistes, à Saigon, et d'un grand Américain qui la pelotait... il y avait cette odeur.

Elle détaille la silhouette souple et légère qui s'éloigne. Elle imagine le corps de Charles en mouvement sous les vêtements, la peau douce de son ventre musclé.

Résignée elle rentre dans la maison. Elle commence à lire les pages de Charles.

À *propos du nouveau, il y a une chose qui me turlupine. Ce n'est pas tellement le contenu de ce concept qui est, somme toute, assez simple, mais la façon dont, en général, les gens, nous autres, nous considérons le nouveau. Regard contradictoire. Nous aimons le nouveau, le mot lui-même a un sens laudatif. Nous lui opposons l'ancien, le vieux, le dépassé, le sempiternel, ou l'obsolète, qui ne sont pas particulièrement alléchants. En outre, nous savons qu'une société qui s'encroûte comme la nôtre a besoin de nouvelles têtes, de nouvelles idées, de nouvelles structures, de nouveaux objets, et nous nous émerveillons des découvertes qui ont transformé profondément nos vies depuis un siècle. Le plaisir de voir apparaître et d'utiliser ces nouveautés fait partie de notre modernité.*

L'Américain l'avait invitée à danser. Il était propre, le pli de son pantalon était impeccable, ses chaussures brillaient, sa chemise semblait empesée. Elle a oublié son nom, peut-être qu'elle ne l'a jamais su. Elle n'a le souvenir que d'une silhouette droite, nette, dressée devant elle et souriante. Il s'est incliné avec un de ces gestes raides et désuets comme en ont souvent les Américains, même les plus frustes ; fruits d'une éducation luthérienne. Il voulait danser. Elle était à une table avec d'autres journalistes. Comme l'Américain restait là, sans rien dire, toujours dans la même position, quelqu'un a dit : « Danse avec lui, Lula, et qu'il nous foute la paix. »

Mais le vieil homme a bien du mal à se dépouiller de ses habitudes, il résiste de toutes ses forces au changement, et trouve, pour appuyer ses positions réactionnaires, un arsenal d'arguments fondés sur la morale, l'appréhension des dangers, la nature, l'Histoire, l'évidence, la sagesse des nations, etc. Il y a une propagande persistante et secrète qui vante à Ulysse le charme du retour au foyer, ou au pigeon voyageur la supériorité du voyage amoureux entre quatre murs. Les proverbes ne manquent pas pour seriner, dès l'enfance, aux humains qu'il n'y a rien de nouveau sous le soleil. Sans parler des tautologies — la manière la plus idiote de s'exprimer — qui vous envoient en pleine face que l'homme est l'homme, Dieu est Dieu, la France est la France, et que les Français seront toujours des Français. Affirmations d'autant plus nocives qu'elles sont incontestables.

Il faisait très chaud. L'Américain sentait l'Américain : la lessive et l'after-shave. Il ne dansait pas, il se dandinait d'un pied sur l'autre avec maladresse. Sur sa chemise étaient épinglés des insignes indiquant qu'il était aviateur et capitaine. Il répondait poliment et brièvement aux questions de Lula. Elle a appris qu'il pilotait des hélicoptères. Il ne la regardait pas. Il la serrait plus fort qu'il n'est convenable de le faire pour une première rencontre. Elle a mis ça sur le compte de son évidente incapacité à danser. Il l'intriguait.

Le disque se terminait. Elle a voulu se séparer de lui. C'était fini. Il la serrait encore. Le disque suivant s'est mis automatiquement en place sur le tourne-disque. Elle a fait un pas en arrière et, de la main droite, elle l'a repoussé. Lui la tenait par la taille. Elle a senti sa force. Il la regardait, son regard était bleu, on aurait dit qu'il était perdu, abandonné. Il a murmuré « please » avec une douceur surprenante. Elle a cédé. Il a fermé les yeux, comme pour se recueillir. Il était content, ça se voyait. Quel drôle de type.

Je me demande si ce discours rétrograde n'est pas le lourd héritage d'une civilisation du livre, à laquelle j'appartiens. La Bible, les Védas, le Coran, le Capital, etc. ont transformé leurs fidèles, non en étudiants qui se nourrissent de l'enseignement des maîtres, mais en exégètes d'une parole définitive. Dès lors, une bonne partie de l'énergie spirituelle des croyants se déverse, non pas au profit d'une vie nouvelle à créer, mais dans des disputes d'interprétation qui vont jusqu'à la guerre sanglante.

» Une parole sacrée n'explique pas ; elle affirme et elle sépare. Elle sépare définitivement et sans évolution possible les fidèles des mécréants, et elle enferme définitivement les fidèles dans la pérennité de ses affirmations. Les tours d'acrobatie intellectuelle des savants croyants m'amusent toujours. Étant voués à la science, donc à la recherche du nouveau, ils revendiquent la liberté d'esprit parce qu'elle est le carburant de leur activité, mais ils savent que cette liberté bute toujours, à un moment donné, sur une révélation divine consignée dans un livre. Objet définitif, révélation intangible : Le « je sais que je ne sais rien », qui est la règle du vrai chercheur, se conjugue au « je crois à ce qui a été écrit par celui qui sait tout ». Il n'est pas étonnant que les religions et la science aient si souvent lutté à mort puisque pour la religion la vérité est stable, figée dans le passé, alors que pour la science elle fuit devant.

Il ne l'étouffait pas, il ne lui faisait pas mal. Elle était tout entière dans ses bras, absorbée. C'était lui le pilote.

Ils survolaient des rizières, des pans de jungles, des villages de paillotes. Ils voyaient les cadavres nus de jeunes Vietnamiennes, leurs corps lisses, à peine pubères. Ces deux-là, l'aviateur américain et la journaliste française, ils avaient vu ça. Elle avait vu aussi, dans les montagnes de Kabylie, une petite Algérienne morte, jupe bariolée retroussée sur son sexe glabre et ensanglanté. Ils avaient vu ça. Imbriqués l'un dans l'autre dans un bar de Saigon, ils portaient en eux ces massacres.

La salle où ils se trouvaient donnait directement sur un jardin des tropiques : un fouillis de buissons et de lianes, foisonnant sous des arbres très hauts, des frangipaniers, des palmiers, des flamboyants. Il y faisait sombre. Au loin on entendait d'un côté la musique du bar et de l'autre côté les bruits de la ville hystérique. Lula ne savait pas comment ils étaient arrivés là. Tout ce qu'elle savait c'était le pénis dur et gonflé de l'homme qu'elle sentait à travers leurs vêtements et qui lui brûlait le ventre. Ils ont progressé jusqu'à un espace herbeux, une sorte de berceau, une brèche dans l'entrelacement des bougainvilliers et des jasmins. Ils s'y sont allongés. Ils y sont restés longtemps. Ils ont joui lentement, à petits coups répétés, encore et encore, profitant de l'instant, jusqu'à la satiété, sachant qu'ils ne se reverraient plus.

L'air était saturé d'une odeur sucrée, mielleuse, forte. La même odeur que celle des genêts en fleur sur la colline de Lula, en Provence, au début de l'été…

Lula chasse le souvenir, il tient trop de place. Elle change de fauteuil. Elle doit être attentive au texte de Charles.

Il y a une autre attitude que j'ai souvent rencontrée dans les domaines intellectuels et, plus précisément, artistiques. Celle qui consiste à dire aux chercheurs : vous faites du nouveau pour faire du nouveau. En disant ça, on les taxe de légèreté, d'inconsistance, parfois de volonté publicitaire, ou même de folie pure et simple (la maison du fou de Le Corbusier à Marseille). Les chercheurs ne devraient jamais se dérober à ces attaques, ou tenter de justifier leurs actions, mais répliquer avec orgueil : le nouveau pour le nouveau ? Oui. La légèreté ? Oui. La volonté publicitaire ? Pourquoi pas. La folie ? Oui. Trois fois oui. Toutes ces vertus déambulatoires valent bien autant que les grisailles de l'immobilisme et en définitive profitent davantage à ce rêveur insatiable qu'est l'être humain, pris non pas entre deux infinis, mais entre deux vérités inatteignables, celle du passé qu'on ne peut retrouver, celle du futur qu'on ne saurait prévoir. Sa « vérité » la moins douteuse c'est le discours qu'il entretient sur et avec sa vie présente. C'est du moins une réalité tangible...

Lula pose les pages sur ses genoux en émettant un « pfff » indigné. Tout haut elle dit : « On voit qu'il n'a jamais travaillé à Paris. Il est vraiment candide mon Charlot. »

Durant les quelques années qu'elle a passées à Paris, Lula ne supportait pas l'enflure de l'intelligentsia parisienne qui faisait du nouveau à la noix de coco et qui l'imposait aux médias, aux maisons d'édition, à la province. Ce nouveau « nouveau » était le fait de quelques personnes intelligentes, cultivées, belles et, surtout, médiatiques qui, en l'absence d'authentiques penseurs (c'était après la mort de Lacan, de Barthes, de Foucault, de Sartre, etc. après l'aliénation d'Althusser), en profitaient pour lancer avec assurance sur « le marché de la réflexion », et donc sur le marché de l'art et de la politique, des originalités dans le genre « Tant va la cruche à l'eau qu'à la fin elle se casse » ou « Pierre qui roule n'amasse pas mousse », etc. tout cela exprimé dans un langage « quelque part » savant, enveloppé dans une réelle érudition, enrubanné avec un charme incontestable, qui coupaient le souffle, les jambes, et surtout la langue, aux braves gens. Pendant ce temps, la France s'enlisait dans un attristant marécage culturel.

Elle se promet d'en parler avec Charles. Elle reprend sa lecture.

Je me rappelle, dans la fin des années cinquante, à Valenciennes, la levée de boucliers de la gauche intellectuelle contre la télévision. Cet objet nouveau était l'ennemi public n° 1. J'ai tout entendu sur ce sujet et les choses les plus ineptes. Je me rappelle un professeur de géographie qui démontrait par A + B qu'au fond la T.V. ce n'était pas très nouveau, que les fresques du Tassili ou de Lascaux, les codex mayas et les parchemins chinois avaient joué le même rôle en leur temps...

» On dénigre la nouveauté en affirmant qu'elle est vieille comme le monde. Ensuite que c'est un attrape-nigauds auquel les moutons de Panurge se laissent prendre. Et pour finir que c'est nocif, que ça tue l'être humain, dans son corps, dans sa pensée, dans ses relations sociales. La nouveauté est toujours taxée d'attentat contre la nature. La nature, que de crimes on aura commis en son nom !

» Je sais que je m'emballe sur ce sujet. C'est une question de croyance, d'idéal. Or, pour moi, la grande vertu à pratiquer, malgré le train du monde, malgré l'alourdissement de la culture, malgré la fatigue du désir, c'est la curiosité, l'élan vers le jamais vu, jamais fait.

» Je ne suis pas capable d'une telle vertu, peut-être parce qu'elle est trop exigeante ; c'est une ascèse terrifiante, car la recherche du nouveau suppose une connaissance exhaustive de tout ce qui a déjà été fait, dit, écrit, trouvé. Je ne suis qu'un petit curieux. Il y a une idée qu'a exprimée Charles Ludlam, le directeur du Ridiculous Theatre de New York, dans un manifeste de sa compagnie, une idée que j'aime et qui me rassure dans ma médiocrité : « Nous sommes tous la caricature de nos propres idéaux, sinon c'est que nous avons placé nos idéaux trop bas. »

» Qu'est-ce que ça veut dire exactement un idéal ? Quel est aujourd'hui le sens de ce mot ? Tout est toujours question de mots.

» Chaque mot est une personne qu'on fréquente communément, dont on connaît la figure et l'emploi. Les dictionnaires nous rappellent son histoire, sa famille, ses égarements, ses bâtardises, ses bonnes ou ses mauvaises fréquentations. Un dictionnaire m'excite autant qu'un roman. Et il y a aussi, à l'intérieur des deux pages d'un dictionnaire ouvert, de superbes rencontres.

» Je ne résiste pas à la tentation d'ouvrir ici une parenthèse : j'ai « tripé » tout un été avec un jeune cinéaste belge sur le projet de faire un film expérimental qui s'appellerait : « Chabot-chambranle » et dont toute la matière devait être fournie par les mots contenus entre ces deux bornes alphabétiques. Un challenge chaleureux, qui chambarderait les chaînes de la chair, dans un chahut de chacals chafouins, de chaconnes au chalumeau, au grand chagrin de chamans, de chambellans chamarrés et de grandes chabraques dansant le cha-cha-cha… Le film ne s'est pas fait, mais pendant deux mois j'ai rêvé sur ces pages de mots pleins de chalands qui chavirent… ou qui chambranlent.

Lula sourit. Elle imagine le jeune cinéaste belge séduit et submergé par les délires de Charles en proie aux mots. Quand il rentrera de sa promenade elle lui demandera s'il avait imaginé ce jeu parce que son prénom commençait par C H A…

Avec Charles, elle s'y perd. Depuis le temps, elle ne sait toujours pas quand il est généreux ou pingre, lâche ou courageux, calculateur ou innocent. Elle ne le saura jamais, elle doit s'y faire. Et pourtant elle ne s'y fera pas, ça, elle en est certaine.

Charles est dans les genêts fleuris, dans leur odeur, il sait que, pour Lula, ils sentent l'Asie. Elle lui a parlé, autrefois, d'un Américain qu'elle avait rencontré dans un bar, la nuit, au Vietnam. Elle n'en a pas dit grand-chose, mais assez pour qu'il comprenne que cet homme lui avait fait de l'effet. Assez pour qu'il sache encore aujourd'hui que l'odeur des genêts évoque l'Asie dans le corps de Lula…

Il s'est allongé. Le thym aussi est en fleur, mais il est discret lui, il ne sent que lorsqu'on l'écrase ou le froisse, il ne s'impose pas comme les genêts.

Quel adjectif emploierait Charles pour qualifier la sexualité de Lula ? Il regarde le ciel, il fait comme s'il ne cherchait pas le mot qui conviendrait. Il se relève, hausse les épaules, il pense : diverse, multiple. Il évite : coureuse, baiseuse, jouisseuse, qui lui sont, en premier, venus en tête. Ces mots le gênent…

Lula est restée longtemps à rêver de cette énigme qu'est Charles. Elle ne comprend pas pourquoi cet homme que, finalement, elle ne connaît pas, est là dans sa vie, toujours aussi important, aussi présent. Par moments elle éprouve un besoin, presque douloureux, de définir la relation qui la lie à Charles, un mot qui justifierait son existence entière. Certains jours, la nature vague et imprécise de ce qui l'attache à cet homme l'angoisse.

Elle se souvient dans son enfance, elle avait peur qu'on l'enterre vivante. Elle imaginait qu'on déposerait la petite Lula morte, dans un cercueil vitré, et qu'elle tiendrait un marteau à la main. Le marteau pour casser la vitre en cas de non-décès. Comment dire ça ? Comment prévenir l'entourage qu'il faudrait l'enfermer avec un marteau dans un cercueil à vitre le jour où on la croirait morte ?

Impossible de s'exprimer, impossible de dire l'essentiel.

Comment dire les pensées quand on ne sait pas les nommer ? Quand on ne les connaît que nues, qu'on ignore le mot qui les habille ?

Lula se surprend elle-même dans cette rêverie. Elle sourit, caresse les pages de Charles, et reprend sa lecture.

Cela dit, pour réfléchir sur « le nouveau », j'aurais plutôt envie de me composer un petit lexique personnel, moins scientifique qu'un dictionnaire, admettant sans retenue, et sans honte, toutes les approximations, les erreurs, les fausses étymologies, les détournements de sens, etc. qui font aussi partie de la vie d'une langue.

» Je commencerais donc mon lexique par le mot : idéal.

» IDÉAL : l'image parfaite de ce qu'on désire ou de ce qu'on adore. Idée, idéologie, idéal, idoles, pour moi tous ces mots sont liés à l'iconographie. À la différence des cultures hébraïques ou islamiques, la tradition grecque puis chrétienne qui humanise les dieux et divinise l'humain, qui prête même aux notions abstraites des figures allégoriques, nous a entraînés à un rapport constant entre l'œil et l'esprit.

» Pendant des siècles, jusqu'à l'invention de l'imprimerie, l'essentiel de la culture populaire, de la propagande sociale, morale et religieuse, s'est fait par la voix et l'image. Et l'image a le grand avantage sur la voix d'être universelle, catholique. C'est par le même matériel plastique qu'ont été vulgarisées les figures des dieux, des hommes et des femmes célèbres de l'histoire, de la beauté, de la justice, de la pitié, de l'amour,... tout l'idéal de notre civilisation. Le XXe siècle, avec des moyens de diffusion énormes, a donné à plein dans la production iconographique. L'idéologie la plus « parfaite » du XXe siècle, le nazisme, n'a été, depuis son épiphanie jusqu'au calvaire final, que la mise en scène fastueuse d'un idéal.

» Ensuite :

» MODERNE : c'est un mot à la mode, avec tous ses enfants et cousins germains ; modernité, modernisme, post-modernisme... C'est aussi quelque chose qui est lié à la forme. Ce qu'on appelait les Temps Modernes, dans

nos vieux livres, ça démarrait à la Renaissance, le moment où la forme des choses change, où on les regarde avec un nouvel œil, où, surtout, on commence à demander au présent de changer notre regard.

» Puis :

» Religion : pour moi c'est l'ensemble des pensées et des pratiques qui ligotent les membres d'un groupe humain et les tirent vers l'arrière. Idéal et religion sont contradictoires. Un idéal c'est une vision du monde où l'individu se projette, une religion c'est une vue consacrée du monde dans laquelle l'individu doit s'inscrire.

» On entend dire partout que les jeunes n'ont plus d'idéal. J'ai horreur de cette phrase. Je n'aime pas l'expression : les jeunes. Je n'aime pas le « plus ». D'ailleurs, qui prononce ces mots ? La plupart du temps, des anciens combattants de tous ordres, et je déteste les anciens combattants. Il se trouve qu'actuellement, du fait peut-être de mon isolement en Avignon, je regarde plus la télévision que je ne le fais d'habitude. Je suis effaré par le langage des politiques et par leur gueule. Je constate que ce sont ces vieux cons, parlant la langue de bois de leurs grands-pères, faisant les gestes et les mines d'une bonne société défunte, qui s'apitoient sur le sort des jeunes et déplorent leur manque d'idéal. « Ah, de notre temps ce n'était pas comme ça, on en avait de l'idéal ! À revendre ! » Si c'est cet idéal qui les a faits ce qu'ils sont, qui leur a donné cette forme désuète (image et parole), je suis bien d'accord avec leurs cadets pour les rejeter, eux et ce qu'ils incarnent.

Les idéologies du XXe siècle et les religions traditionnelles ont ceci de commun, malgré leurs origines différentes, profane ou sacrée, qu'elles manquent totalement d'humour. On ne plaisante pas avec elles. Il n'y a pas de jeu possible. Cette absence de jeu, ce refus du jeu, dans les contraintes obligatoires, est au fond comique, mais souvent criminel. Quand je pense aux bouffonneries culinaires de l'islam ou des religions judéo-chrétiennes, le maigre du vendredi, le cochon interdit, les viandes kasher, etc. Ça me fait rigoler, mais je sais aussi qu'il y a des gens qui sont morts pour avoir bouffé, un vendredi, du mouton plutôt que de la morue. Je trouve également bouffon que Dieu ait imposé aux fils d'Abraham, comme signe de son alliance avec lui, qu'ils aient le prépuce coupé. Tout comme j'ai trouvé sinistrement bouffons, à Moscou, des immeubles construits dans les années trente où les appartements n'avaient pas de cuisine : un bon prolétaire n'a pas besoin de manger chez lui, la cantine de l'usine lui suffit.

» Religions et idéologies refusent le hasard des faits, refusent le jeu, n'admettant pas que toute machine qui n'a pas de jeu, ne tourne pas. Elle grippe, surchauffe et éclate.

» L'idéal, tel que je l'entends, une certaine vision du monde et le désir de vivre selon cette vision, est peut-être aujourd'hui en train de changer de nature. Je pense que l'un des grands idéaux des temps modernes, qui était le désir de conquérir le monde et de soumettre la nature aux besoins de l'homme, arrive, peut-être, au bout de son rouleau. Cet idéal de conquête essentiellement positif commence à céder la place à d'autres idéaux, sinon négatifs mais, disons, plus discrets : ne pas abîmer, ne pas exploiter à fond, ne pas supprimer des entités biologiques ou culturelles. Le « ne pas » conjugué au « pas trop ». Utiliser les ressources de la vie mais pas trop. Le « pas trop » oblige à penser, c'est-à-dire à peser. Vieux précepte grec de sagesse quotidienne, qui ne nous a pas préservés des excès du Talmud, de l'Inquisition ou de l'islam intégriste, mais qui reprendra, je l'espère, de plus en plus de vigueur.

» Ce que je souhaite vivre encore, c'est, non dans les faits, mais dans ma tête, un accord entre la pensée et l'idéal. L'idéal nourrissant la pensée, la pensée contredisant comme un malin démon (salut, Socrate !) les errements imprévisibles de l'idéal...

Lula éclate de rire. Charles est soûlant, il est brillant, il dit tout et le contraire de tout. Du coup elle ne sait plus lire, elle renonce, elle se laisse emporter par les mots de Charles et cette façon qu'il a de jongler avec eux. Elle ne sait même plus ce qu'elle pense du « nouveau ».

D'ailleurs, au cours de la semaine, en réfléchissant sur ce sujet, elle s'est rendu compte que la profondeur de sa pensée n'allait pas plus loin que : le nouveau est inévitable puisque chaque jour est nouveau, alors autant faire avec... Lundi elle pensait ça, et mardi elle pensait : le nouveau naît de l'ancien donc rien n'est nouveau... Deux réflexions stériles, deux guillotines.

Incapable d'avoir une idée, elle s'est mise à fouiller dans les dictionnaires. D'abord, en parcourant les articles que le grand Robert consacre au mot « nouveau », elle en est naturellement venue au mot « neuf ». Alors là, elle est tombée de son haut : elle n'avait jamais pensé que « 9 » et « neuf » s'écrivaient exactement de la même manière. Elle n'avait jamais pensé que lorsqu'elle entendait « c'est neuf », ça pouvait aussi bien vouloir dire « c'est 9 ».

Foudroyée par cette découverte, elle est restée à jouer avec « neuf » et « 9 » pendant un bon moment. S'amusant, à haute voix, à les embrouiller, y adjoignant rapidement « œuf ». Échafaudant une histoire où il était question d'un œuf volé, d'un neuf de pique, et d'un vélo neuf... jusqu'à ce que, épuisée, elle s'exclame : « Lula gaga. L'âge te pogne, ma fille ! »

Estimant qu'elle avait assez joué comme ça, qu'il était temps d'être sérieuse, que la récréation était finie, elle s'est mise à chercher « nouveau » dans un dictionnaire étymologique. Elle a trouvé que le mot avait une racine indo-européenne : *new, neuvos,* devenue *néos* en grec et *novus* en latin. Mais que *neuvos* est une forme reconstituée, non attestée dans les textes...

Et alors ? Alors rien, pas grand-chose.

Elle est retournée dans le dictionnaire alphabétique où elle est tombée sur « naissance ». Du coup elle est revenue dans le dictionnaire étymologique et elle a trouvé que « naissance » était un « mot issu d'un étymon latin reposant sur la forme *gna* de la racine indo-européenne d'où viennent des mots comme engendrer ». Lula a pensé : le nouveau c'est la naissance, rien d'autre n'est nouveau.

À partir de Charlotte et des enfants de Charlotte, elle s'est mise à échafauder une construction, un temple du nouveau dont Charles et elle-même seraient les fondations. Mais ça, c'était une voie périlleuse : pas question de s'y engager pour commencer la conversation, pas question de parler d'abord de Charlotte et de ses enfants avec Charles. Elle l'entendait déjà dire :

— C'est insupportable. On ne peut pas discuter sérieusement avec toi. Il faut toujours que tu retournes à du vécu, de l'identifiable.

Ce à quoi elle répondrait :

— Je n'aime pas l'anonymat…

Faisant mine de la plaindre, il ajouterait :

— Tu n'as vraiment pas l'esprit philosophique.

Elle rétorquerait :

— Ce n'est pas pour ça que je n'ai pas de pensée.

Et ils en resteraient là.

Elle a donc abandonné ce projet et elle a repris sa lecture : « … mot issu d'un étymon latin reposant sur la forme *gna* de la racine indo-européenne d'où viennent des mots comme engendrer, comme gens… » Voilà, le nouveau c'est les gens. Les gens engendrent le nouveau. Sans les gens il n'y a pas de nouveau. Voilà.

Au retour de Charles, Lula n'a pas fini de lire, il lui reste deux pages qu'elle parcourt des yeux. Elle voit qu'il y est question de théâtre. C'est normal, Charles en vient toujours au théâtre…

Il a l'air de bonne humeur. Il s'assied sur le bras du fauteuil où elle est assise.

— Et alors ?

— Je ne sais pas comment te dire. Je n'ai pas eu le temps d'y réfléchir, je finis à peine. C'est brillant. Il y a beaucoup de choses…

— Et toi ? Qu'est-ce que tu penses du nouveau ?

— Moi ? Eh bien je pense que le nouveau c'est les gens, que les gens engendrent le nouveau. Que sans les gens il n'y a pas de nouveau.

Charles est un peu rêveur.

— Les gens…

» Oui. C'est un beau mot, riche, plein de recoins, simple et complexe, une sorte de miracle — ne me regarde pas comme ça —, un mot miraculeux. Il dit en même temps le caractère individuel, unique, de chaque naissance, l'appartenance inéluctable à une même famille — le genre humain — et aussi le travail têtu, insensé des gènes pour se perpétuer de génération en génération. J'aime employer ce mot, il me remplit la bouche. Miracle aussi que ce mot n'ait pas de singulier. À côté de lui, beaucoup de substituts me paraissent médiocres, restreints, prétentieux, corrompus par l'usage : l'espèce humaine, l'humanité, le peuple — pourquoi pas l'électorat, le public…

» Pendant ma balade, je me suis demandé : qu'est-ce que nous sommes en train de faire, toi et moi ? À quoi riment nos entretiens ? Nous sommes des gens banals, placés par le flux de la vie entre une naissance qu'ils n'ont pas voulue et une mort qu'ils ne peuvent pas connaître. Entre ces deux bornes arbitraires nous nous agitons, et nous continuerons à nous agiter jusqu'au bout. Et nous nous exercerons à la parole pour témoigner de cette agitation, utilisant des mots usés, car il n'y a pas de mots nouveaux. Il n'y a que des réalités nouvelles que recouvrent des mots inouïs. J'aime penser que j'aurai encore assez de temps à vivre pour connaître des réalités que je ne peux pas prévoir et pour lesquelles aucun mot n'est préparé. Les mots expliquent les choses. On n'explique pas le futur. Tu connais cette phrase merveilleuse du Don Juan de Molière ? Je me la fais souvent chanter à l'oreille : « Après tout, les inclinations naissantes ont des charmes inexplicables. »

— Quand tu dis « je me la fais chanter », tu veux dire que tu te la chantes à toi-même ou qu'une personne te la chante ?

— Lula, voyons...

— On ne sait jamais avec toi. Je t'ai connu des femmes de toute sorte, une costumière qui s'obstinait à te vêtir comme un jeune homme du Quai d'Orsay, une pharmacienne qui te remplissait les poches de vitamines, une cuisinière qui t'a fait grossir de dix kilos...

— Il faut dire qu'elle avait du talent, et œnologue pardessus le marché...

— Une sportive qui te faisait ramer sur les lacs bavarois. Si ma mémoire est bonne, elle était championne de gymnastique du Wurtemberg, non ?

— Elle m'épuisait, en rentrant j'étais incapable de baiser.

— Dommage pour elle, elle t'avait fait un corps splendide. C'est moi qui en ai profité. Alors, pourquoi pas une récitante qui te susurrerait des citations à l'oreille.

— Non, pour ça je n'ai besoin de personne.

— C'est vrai. Bref, pour en revenir au nouveau, à la naissance, aux gens. Ce beau mot comme tu dis, et je suis d'accord avec toi, je me demande pourquoi on ne dit pas « les droits des gens » plutôt que « les droits de l'homme ». Les Québécois disent « les droits de la pesonne », c'est déjà mieux que les droits de l'homme, mais « les droits des gens » ce serait parfait. Tu ne trouves pas ?

— Ce serait parfait. Malheureusement ça existe déjà : *jus gentium,* c'est aujourd'hui le droit international. Dans l'antiquité latine c'était, le droit qu'on appliquait aux étrangers alors que le *jus civile* s'appliquait aux citoyens. Le « droit des gens » ce serait beaucoup mieux que « les droits de l'homme ». Dommage, pour une fois je suis d'accord avec toi.

— Il faudrait célébrer ça. Est-ce que je peux t'offrir quelque chose ?

— Ton lit, peut-être.

— Ce n'est pas mon heure.

— Comment ne le saurais-je pas après tant d'années ? Tu es une femme du matin.

— De l'aube plutôt. Tu ne veux rien boire ? Rien manger ?

— Non merci, pas pour l'instant... Il m'a semblé qu'il y avait de la neige sur le Ventoux.

— Sûrement pas. Il est blanc. Il est fait de caillasse blanche. Il est chauve.

Charles et Lula sont sortis, ils se sont installés dans les fauteuils de jardin, au milieu de la pelouse fraîchement coupée. Charles, dans un geste amical, tendre, pose une main sur le dossier du fauteuil de Lula :

— Les soirées sont superbes chez toi.

À cette heure de la journée les odeurs sont fortes. Lula, dans sa tête, cherche un mot pour qualifier le parfum dans lequel ils sont. Ils se taisent. Ils jouissent de ce qu'ils voient, de ce qu'ils ressentent. Chacun est conscient du plaisir que prend l'autre à être là. Lula trouve le mot qu'elle cherchait : sauvage. Elle dit :

— Il y a longtemps, j'ai assisté à un cours de Lévi-Strauss, au Collège de France, sur le sauvage : ce qui est proche et veut rester proche du commencement... Il y a cette ambiguïté dans la nouveauté : elle porte l'ancien, elle est sauvage. Crois-tu que l'Occident entre dans la sauvagerie ?

— Tu penses à quoi en posant cette question ?

— Je pense au nouveau. À la situation nouvelle dans laquelle nous nous trouvons : le bloc de l'Est éclaté, le marxisme en déroute, l'ex-Yougoslavie, tout ce qui se passe au Proche et au Moyen-Orient, les peuples éperdus, orphelins, qui retournent à leurs commencements.

— Je pense qu'ils se conduisent plus en primitifs qu'en sauvages — au sens que tu donnes à ce mot.

— Dans le fond y a-t-il quoi que ce soit de nouveau dans le nouveau ? Est-ce que le nouveau n'est pas uniquement une vue de l'esprit, quelque chose de fabriqué, d'artificiel ? Est-ce que le nouveau n'existe que dans la fraction de seconde de la naissance ? Passé cet infime laps de temps le nouveau a-t-il déjà perdu sa fraîcheur ? Et encore ne faudrait-il pas dire dans la fraction de seconde de la conception ?... Qui disait qu'à sa naissance l'être humain est déjà « culturé » ?

— C'est amusant, ma chère Lula, de constater combien sont nombreux les gens qui comme toi et moi pataugent dans les concepts et les mots qui les désignent, dès le moment où nous tentons d'en atteindre le cœur. Alors que tu as passé ta vie à traduire en articles de journaux tes idées, tes expériences, ton regard sur les choses et que moi, j'ai travaillé, aimé, scruté, enseigné l'Histoire — du moins avant de devenir le représentant dilettante de la culture française ! — nous sommes incapables de définir ce qui est nouveau. Et pourtant, on ne peut pas dire que nous sommes des fumistes. Toi surtout.

— Toi non plus. Professionnellement, tu es un homme intègre.

— Le nouveau, le neuf, la naissance, le capital vierge, intact que représente toute naissance, tout ça, c'est très impressionnant, même pour le joyeux sceptique que je suis. Mais comme c'est difficile de raisonner sans faire appel au procédé de l'antithèse ! Est-ce que nous sommes trop vieux pour nous en défaire ? Est-ce que nous ne sommes pas définitivement déformés par une culture classique qui repose là-dessus ? Le vers classique en est l'exemple parfait avec sa césure qui oppose deux notions antagonistes. Le genre : « Je t'aimais inconstant, qu'aurais-je fait, fidèle» ou — tiens ça tombe bien ! — « Sur des pensers nouveaux, faisons des vers antiques».

» Moi, dans ce type de débat, j'aurai toujours envie de faire l'éloge de la confusion. Le nouveau, vue de l'esprit ? Bien entendu. Le nouveau, artificiel ? Assurément. La nature, indissociable de la culture ? Certainement, et réciproquement même ! Mais je n'ai pas envie de m'embarquer dans un débat pseudo-philosophique.

» J'ai toujours aimé le théâtre, c'est une forme d'art qui me fascine. Je l'aime. En revanche le comportement des gens de théâtre me tape sur les nerfs. Surtout depuis les années 60. Et ce n'est pas à cause de leur côté cabotin, de leurs caprices... Tout cela, ça m'amuse et, au fond, ça me plaît. Mais depuis les années 60, ils ont commencé à devenir sérieux. Est-ce sous l'influence de Brecht, de Vilar, de Malraux et des Maisons de la Culture, de Grotowski, de l'université du Théâtre des Nations ? Bref, peu à peu je les ai vus se transformer en papes de la culture, ayant leur cour vaticane, leurs thuriféraires, leurs camarillas, leurs prétentions dogmatiques, leurs anathèmes...

» Dans un même temps toute une littérature s'est mise à proliférer autour du théâtre. À commencer par les programmes, de plus en plus épais, qui vous expliquaient le pourquoi et le comment des spectacles que vous alliez voir. Comme si le théâtre, qui est un art de l'éphémère, avait besoin de fonder sa valeur sur la permanence de l'écrit...

Lula connaît par cœur le discours de Charles sur « le théâtre qui se disait et se voulait nouveau». Elle prétend que le théâtre est la seule passion de Charles. C'est un sujet qui lui tient à cœur. Elle fait donc semblant de l'écouter avec attention, mais elle pense à autre chose.

Elle pense qu'il va pleuvoir. Et ça lui fait du bien car la terre a besoin d'eau. Il lui faudrait une petite pluie obstinée qui tomberait toute la nuit, irait profond, jusqu'au bout des racines...

— … Étant amateur de théâtre, je me réjouissais de tout ce remue-ménage qui attirait l'attention d'un public éventuel sur des phénomènes dont j'étais friand. Mais les phénomènes eux-mêmes, les spectacles, m'ennuyaient de plus en plus.

» C'est à cette époque que j'ai connu Joseph et Marina. Je t'en ai parlé souvent. Tu te rappelles ?

— Vaguement. Je ne les ai jamais rencontrés.

— C'étaient des artistes, enfin ! ce que j'appelle des artistes, des gens qui savent transformer leurs rêves en un objet communicable. Mais cet objet, le spectacle, ils le savaient incertain, fragile, hasardeux, éphémère, soumis à la participation incontrôlable du public. Au lieu de se battre contre cette essence de l'acte théâtral, ils s'y plongeaient avec délices, prenaient un malin plaisir à se mettre en situation de faiblesse, de déséquilibre, même de ridicule, disposaient le public de telle sorte que chaque spectateur pût avoir une vue individuelle du spectacle. Ils établissaient des régies aléatoires. Ils prétendaient que lorsqu'on leur donne un rôle, le hasard et le public ont beaucoup de talent…

La pluie, pour Lula, est un phénomène important. Probablement parce qu'elle est née dans un pays où il pleuvait peu. La pluie, dans son enfance, signifiait que l'école reprenait. Et elle aimait aller en classe.

Elle se souvient de jeudis pluvieux, dans la maison de ses parents. Des journées creuses, silencieuses. Les adultes étaient ailleurs et elle-même ne pouvait sortir, à cause de la pluie. Désœuvrée, elle l'écoutait tomber.

Les gouttes s'écrasaient sur le couvercle de la poubelle, au fond de la cour, produisant un bruit métallique. Plus il pleuvait, plus le bruit se répétait rapidement… Au gros de l'averse le bruit devenait un roulement disgracieux, un tintamarre. C'est par la fenêtre des toilettes qu'elle l'entendait le mieux. C'est de là, aussi, qu'elle préférait observer le manège des martinets dans le ciel rouge des soirées.

Lieu clos, exigu, privé.

Où se cantonne l'essentiel d'une vie ?

— Joseph et Marina étaient totalement indifférents aux modes qui tournaient autour d'eux, ils n'interrogeaient qu'une seule chose : leur désir. Une interrogation ardue, exigeante, sans compromis, à laquelle ils avaient pourtant fixé un cadre intangible : la création. La création pure et simple ; pas de tergiversations du genre : « La nouvelle mise en scène d'une vieille pièce est une création. » Non. La création, pour eux, c'était l'apparition d'une chose qui n'a jamais été vue, entendue, lue en aucun temps, en aucun lieu.

» Ce qui n'excluait pas la réflexion, au contraire. Nous avons passé des nuits entières à débattre entre nous de cette situation étrange de la création théâtrale, les surprises de la naissance qui se révèlent le soir d'une première. C'est une naissance, donc du neuf, pour revenir à notre sujet, qui se situe entre deux époques de répétitions : les répétitions proprement dites, c'est-à-dire la période d'entraînement qui précède l'accouchement, puis, après la première, la période où on refait, on répète chaque soir l'événement de la première. Est-ce que cette pratique n'est pas une des images vivantes de la nouveauté ?

— Qu'est-ce qu'ils sont devenus ?

— Je ne sais pas. Je ne les ai pas revus depuis une dizaine d'années. Une carte postale de temps en temps et chaque année quand j'y pense un coup de téléphone que j'envoie aux alentours du 27 avril pour célébrer l'anniversaire de leur enfant, dont je suis le parrain. Je ne sais pas s'ils ont choisi le meilleur parrain qui soit, mais passons !

— Oui. La première… Lire *Madame Bovary* pour la première fois, ou les *Dialogues* de Platon, quelle découverte, quelle merveille, quelle nouveauté ! Adolescente je lisais sans arrêt. Quand un livre me plaisait j'avais peur de le finir et quand je l'avais fini je pleurais parce que je savais que je le relirais mais que je ne le lirais plus jamais comme la première fois. C'est l'éphémère de la nouveauté qui est attirant.

» Tu te souviens de l'époque où j'étais complètement subjuguée par le maoïsme, par la révolution permanente, par le principe de l'autocritique ?

— Tu étais bien fatigante. Supprimer le vieil homme qui est en chacun de nous pour en mettre un nouveau à sa place... c'est comme l'Ordre Nouveau... il n'y a que des fascistes pour proposer de pareilles solutions.

— Dis donc, en fait de maoïsme, tu ne trouves pas que nous avons fait une assez longue marche dans la nouveauté ? Tu n'as pas un petit creux ? Moi je mangerais bien quelque chose.

— Qu'est-ce que tu as prévu ?

— Rien de spécial. Nous pourrions aller à la pizzeria du village.

— Bonne idée. Je ne la connais pas.

— Eh bien, ce sera nouveau.

— Pas pour toi.

— Pour moi aussi puisque, pour la première fois, j'y serai avec toi.

— Deux nouveautés valent mieux qu'une.

— Je ne te le fais pas dire.

Ce fut un dîner agréable, facile, amusant, à l'issue duquel, Charles n'ayant aucun sujet à proposer pour la prochaine fois, ils décidèrent que le lieu de leur entretien serait en soi le sujet. Ils tombèrent d'accord sur les Saintes-Maries-de-la-Mer. Lula passerait prendre Charles en début d'après-midi et ils iraient ensemble aux Saintes-Maries.

— Et puis nous dînerons aux Baux-de-Provence.

— Ma parole, tu as fait un héritage.

— Presque. Figure-toi que j'ai envoyé l'année dernière quelques-unes de mes élucubrations sur le Schisme d'Occident à mes collègues de Stanford. Je l'avais totalement oublié et mardi j'ai reçu une lettre élogieuse : ils vont publier ça et par-dessus le marché ils m'envoient un chèque de mille dollars.

— Il n'y a de chance que pour la canaille.

Il faisait très doux cette nuit-là, le ciel était plein d'étoiles.

Septième jeudi

Le lendemain, Charles appelle Lula :

— Hier, nous avons décidé de prendre les Saintes-Maries-de-la-Mer à la fois comme lieu et comme sujet de notre prochaine rencontre. Mais tout bien réfléchi, ça ne me dit rien, c'est trop vague. Alors je te propose un thème qui devrait nous inspirer : « les nomades ».

Lula est d'accord ; les nomades, pourquoi pas.

Il fait beau. Lula travaille au jardin... avec « les nomades » dans la tête, jusqu'à ce qu'elle en ait assez d'être dérangée par eux. Elle trouve qu'elle a mal taillé les buis et les romarins à cause de ça. Pendant tout ce temps elle n'a cessé de rouspéter intérieurement : « C'est toujours la même chose avec Charles : il me dérange. Les nomades ! En quoi ce sujet peut-il nous inspirer ? Nous n'y connaissons rien, aux nomades. Ce n'est pas parce que nous avons voyagé toute notre vie que nous sommes des nomades. »

Il y a longtemps déjà, Charles l'avait narguée avec ce mot. Daïba venait de mourir. Cette mort avait soulevé un grave problème : la petite avait douze ans, elle ne pouvait pas rester seule quand Lula partait en reportage, comment Charlotte allait-elle vivre ? La mettre en pension ? L'envoyer chez ses grands-parents dans le Sud ? Pour la première fois Lula avait demandé de l'aide à Charles. Il n'avait trouvé à dire que : « Que veux-tu, Lula, tu es une nomade. » À la suite de ça, elle ne l'avait pas revu pendant plusieurs mois, et elle s'était juré de ne plus jamais rien demander à Charles.

Finalement sa mère lui avait proposé de venir la remplacer pendant ses absences.

Elle repense à tout ça et elle se dit qu'il a le don de la mettre dans des situations inconfortables. Elle se demande pourquoi elle le supporte depuis si longtemps, pourquoi elle n'imagine pas la vie sans lui. Pourquoi ? Elle n'en sait rien. Elle ne veut pas le savoir, cette question l'a assez tourmentée ; c'est comme ça, voilà tout. Il s'échappe toujours… C'est à cause de lui qu'elle a bougé tout le temps.

L'après-midi, des amis du village sont venus goûter.

Il y avait des enfants. Ils se sont beaucoup amusés avec la vieille balançoire, ils ont grimpé aux arbres. Ils ont tout mangé, tout bu. À la nuit tombante, en s'en allant, les parents ont déclaré qu'ils allaient coucher les petits sans dîner ; « un bon bain et au lit… ».

Après leur départ Lula range, s'affaire, elle fait du bruit, parle toute seule, comme si elle voulait combler un vide.

Elle n'arrête pas de penser à Charlotte. Que fait sa fille ? Que font les enfants de sa fille ? Elle les connaît à peine, ses petits-enfants. Ce n'est pas sa faute, ils sont si loin. Charlotte est si loin. Un jour Charles a dit : « Elle a pris ses distances, elle a eu raison. » Lula n'a pas demandé d'explications. C'est souvent qu'elle laisse en suspens les réflexions de Charles concernant Charlotte. Mais, ensuite, cette phrase de Charles l'a taraudée.

Elle s'est assise dans un fauteuil, face à la cheminée. Une fois de plus, ce soir, elle considère sa vie, ses rapports avec Charlotte plutôt. Est-elle une mère indigne ? Une femme indigne ? Elle se redresse, regarde le feu, déclare à voix haute : « Ça ne s'est pas passé comme ça. »

« Ça », c'est sa vie, elle n'a pas eu une vie normale. Il y a eu la guerre d'Algérie, les racines arrachées, flottantes. Et surtout il y a eu Charles.

Subitement il faut qu'elle parle à Charlotte. Elle va lui téléphoner.

L'idée de téléphoner la rassure. Lula a des rapports importants avec le téléphone. Pendant plus de trente ans c'est par lui qu'elle a reçu l'ordre de partir ou de rentrer. Grâce à lui elle a vécu, professionnellement, des moments intenses : sur certains reportages obtenir une ligne tenait du prodige, il fallait se battre, ruser... C'était dangereux et excitant... Elle a aimé son métier plus que tout. Oui, plus que tout.

De nouveau, elle se sent coupable.

Quelle heure est-il en Australie en ce moment ? Neuf heures de plus, neuf heures de moins ? Elle ne sait plus. Elle vérifie. Elle fouille dans le bottin. Elle compose enfin l'interminable numéro de Charlotte. Elle le sait par cœur. Elle écoute, attentive, voyeuse, le silence entrecoupé de craquements et de « bip » que lui transmet l'appareil. Sur son visage s'installe la même expression qu'elle prenait, enfant, pour entendre la mer au fond d'un coquillage. La liaison est longue à s'établir. Par quels relais passera la voix de sa fille ? L'Afrique, l'Amérique du Nord, l'Asie ? Mais non, elle passera par un satellite. Mon Dieu, comme le temps a passé, comme Charlotte est loin.

Voilà la première sonnerie, plus longue et plus précise que la sonnerie française, un peu comme l'américaine. Elle se demande où et quand s'arrêtera l'impérialisme américain... Elle se dit qu'elle laissera sonner dix fois. À la cinquième sonnerie elle entend la voix enregistrée de Charlotte qui dit en anglais : « Vous êtes en communication avec un répondeur automatique que nous pouvons consulter à distance. Si vous désirez laisser un message, faites-le, s'il vous plaît, après avoir entendu le signal sonore, et n'oubliez pas de donner votre nom, l'heure, et le jour de votre appel, nous vous rappellerons le plus vite possible. Merci. » Lula remarque que Charlotte a toujours l'accent français, elle est comme son père, elle n'a pas le don des langues. Elle remarque aussi le « nous » du message, elle ne sait pas pourquoi ça la gêne. Nous, est-ce Duncan et elle ? Est-ce l'association humanitaire dont ils s'occupent ? Ce « nous » l'exclut. Elle est triste tout à coup, elle s'entend dire : « C'est Lula, je t'embrasse. Comme tu es loin. » Elle va pour raccrocher mais ajoute : « Je suis en Provence. »

Voilà, c'est coupé.

Il y a longtemps que le cordon qui la relie à Charlotte est coupé. Elle se lève, désemparée, son corps et son esprit sont vides. Elle doit s'occuper, chasser de son esprit ce qui vient de se passer : le téléphone, la voix de Charlotte si proche et si lointaine, un peu sourde, comme celle de son père. Vite, penser à autre chose, vite, c'est urgent.

… Alors les nomades arrivent en cavalcades, escortant ceux des leurs qui portent sur leurs épaules des vierges endimanchées. Ils les conduisent vers la mer, vers des embarcations fleuries où attendent des prélats portant crosse et des prêtres en aubes de dentelle, qui balancent des encensoirs. Les madones vont naviguer, debout, raides, compassées. Les lèvres rouges, les yeux écarquillés, peints, elles partent pour un bref voyage chaotique sur les vaguelettes de la Méditerranée, indifférentes aux oraisons psalmodiées, comme importunées par les sanglots des gitans. Sur la plage restent des femmes bariolées et des hommes sombres qui braillent la belle vie tourmentée des nomades. Les voix aiguës ou graves disent les steppes, à perte de vue, disent les roulottes, disent les feux de camp, disent la paille des chaises, disent les manèges des fêtes foraines, disent les lignes de la main des goys timorés, le pendu des cartes de tarot, disent les rapines, les postes de police, les menottes, la prison, disent les naissances et les morts au long des routes, disent les visages barbouillés des enfants, les gros ventres des femmes, les familles aux yeux de braise, disent les violons, les balalaïkas et les accordéons…

Lula ne dort pas, elle ne s'est même pas assoupie. Elle tisonne. Elle est attentive à son feu, elle ne veut ni qu'il flambe ni qu'il s'éteigne, il faut qu'il brasille, qu'il couve, elle lui impose le rythme de sa rêverie…

Elle a embarqué avec les Saintes-Maries et elle imagine les fonds sablonneux qu'il doit y avoir là. Elle connaît bien les rives de la Méditerranée, elle sait comment, par endroits, ses dunes s'enfoncent lentement, en plages crêpelées, doucement, jusqu'au glauque des grandes profondeurs. Elle sait que l'inclinaison de la pente, monotone et obstinée, finit par charmer la nageuse, l'attire, l'absorbe.

Lula divague. Elle brasse des voyages, elle pénètre doucement dans sa vie passée. Elle va d'un avion à un autre, d'un reportage à un autre, au gré de son inconscient…

Avec le tisonnier elle remue les braises, fait jaillir des étincelles, et ajoute une bûche…

Elle est dans un avion. Ce matin, à l'aube, elle est partie de Berlin Est. Juste le temps de régler les formalités de la frontière, de traverser Berlin Ouest qui dort encore, et de sauter dans un vol pour Paris. Le chef de cabine la prévient qu'un message du journal l'attend au comptoir d'Air France à Roissy. Là, on lui remet des billets : Paris-Madrid sur Air France et Madrid-Santiago du Chili, via Recife et São Paulo sur Lan Chile. Elle a exactement dix minutes pour appeler la rédaction. On lui apprend que le correspondant à Santiago vient d'avoir un grave accident et qu'il ne peut assurer la couverture de l'événement.

— Quel événement ?

— D'où tu sors ?

— De Leipzig, figure-toi.

— Arrête, on le sait, y en a que pour toi au journal. C'est le plébiscite de Pinochet pour faire reconduire son régime. Paraît qu'il va se ramasser.

— Quand ?

— Ben, dans trois jours, voyons.

— Mais vous êtes dingues, je n'y connais rien, je n'ai jamais travaillé en Amérique du Sud. Vous ne pouviez pas envoyer quelqu'un des États-Unis ?

— Impossible, ils sont tous super occupés ou malades à Washington. Si tu crois que ça nous amuse. L'avion régulier pour Santiago a décollé y a une heure. Le casse-tête pour te faire avoir une place sur Lan Chile, je te dis pas !

— Et vous le voulez quand le premier papier ?

— Le plus vite possible. Pour l'édition de demain soir si tu peux.

— Vous êtes fous !

— Tu as le temps, y a neuf heures de différence. Les téléphones c'est pas fait pour les chiens, le fax non plus. Et puis démerde-toi, ma fille.

Pendant qu'elle achète les journaux, elle entend l'appel pour l'embarquement de son vol. À Madrid, si elle a le temps, elle essaiera de trouver de la documentation. Heureusement qu'elle comprend l'espagnol… Le ronronnement des moteurs dans ses oreilles depuis combien de temps ? Lula ne sait plus. Des heures et des heures. À Recife, l'avion s'est vidé des voyageurs qui, à Madrid, y avaient embarqué comme dans un autobus, avec des ballots, des paniers, des enfants, et de précieuses radios portatives neuves. Maintenant elle a de la place, elle peut étendre les jambes. Ce sera bientôt l'aube.

Hier, à la même heure, elle était dans un hôtel de Berlin Est ; elle venait de passer quatre jours à Leipzig. Elle avait rencontré beaucoup d'étudiants de l'université Karl-Marx. Ils n'avaient voulu lui parler que dans la rue, dans le trafic. Ils avaient peur des micros. Ils étaient tous habités par le souvenir d'un événement qui s'était produit l'été dernier : un concert rock donné au pied du mur, à l'Ouest. Des gens, pas rien que des jeunes, étaient venus de toute la RDA, pour écouter l'autre musique. Ils s'étaient groupés le long du mur, par milliers. La police avait eu beaucoup de mal à faire circuler cette foule têtue, elle avait matraqué. Les gens ne se dispersaient que pour se regrouper un peu plus loin, un peu plus tard, en silence. Ils n'entendaient pas les sirènes des flics, ils n'entendaient que la musique de l'orchestre invisible. Quelque chose s'était passé ce jour-là : la première fissure dans le mur. Lula l'avait écrit. Un copain du journal lui avait dit au téléphone : « Tu pousses un peu, tu ne crois pas ? C'est pas le rock qui va faire bouger le communisme soviétique. » Pourtant Lula avait senti quelque chose de plus profond qu'un simple goût pour le rock and roll…

… Lula tasse le feu, il flambe trop. Elle revoit le mur tout blanc à l'Est, tout barbouillé à l'Ouest. Il est tombé, deux ans plus tard, avec l'énorme soupir que le peuple avait retenu si longtemps et qu'il avait enfin poussé. Elle n'en avait pas été étonnée.

… Elle somnole, le plancher de l'avion est jonché de journaux. Elle est en route pour une autre dictature. Oui, mais au Chili il n'y a pas de mur… on peut toujours passer de l'autre côté, il n'y a qu'à marcher…

… Elle se laisse aller en arrière, s'enfonce dans le fauteuil, appuie sa tête contre le dossier, étend ses bras sur les accoudoirs dont elle caresse le cuir. Un souvenir se glisse, elle le laisse venir. Il est fort. Il envahit tout…

Pendant longtemps elle regarde par le hublot, mais il n'y a rien à voir ; les nuages épais succèdent aux nuages épais. Cette monotonie la berce, elle ne regarde plus rien, elle n'est pas consciente du temps qui passe. Tout à coup elle croit voir, au loin, des flèches violettes qui percent les nuages. Elle se dit qu'elle est fatiguée et puis le soleil fait étinceler l'aile de l'avion, ça l'aveugle. Elle baisse le store de son hublot, elle ferme les yeux. Le mur de Berlin revient et le no man's land qui le prolonge tout le long de la frontière avec l'Ouest : les miradors, les fils de fer barbelés, les soldats en armes qui vont et viennent avec leur chien. Elle se souvient de la question d'un homme, en pleine salle de conférence : « Qu'est-ce que vous pensez de la RDA ? » et elle qui répond sans réfléchir : « Ça me fait peur. » L'homme l'a regardée droit dans les yeux avec reconnaissance, son regard souriait, mais il n'a rien dit ; il l'a laissée se dépatouiller après, quand quelqu'un de l'assistance lui a demandé de quoi elle avait peur. C'était embarrassant. Elle a dit : « C'est le mur... » Ensuite, on aurait pu entendre une mouche voler. Elle se souvient de ce silence blanc, terrible... Décidément elle n'arrive pas à dormir. Elle relève le store. Elle est stupéfaite : les flèches de tout à l'heure sont devenues des crocs qui mordent les nuages. Ils sont mauves, violets, et même rouges. Ils se rapprochent. L'avion va les survoler. Ce n'est pas que l'avion descende, c'est qu'eux sont de plus en plus grands, de plus en plus hauts, les nuages leur font des gencives blanches. Bientôt il n'y a plus de nuages du tout. À leur place, tout au fond, il y a un magma verdâtre, noirâtre. Lula n'a jamais rien vu de pareil. Un paysage beau et hostile, magnifique et méchant, archaïque, vertigineux, redoutable. Où est-elle ? À quel fossile monstrueux appartient cette mâchoire ? Elle scrute, elle est fascinée. Les gens, dans l'avion, sont calmes, les hôtesses et les stewards font leur service tranquillement. Elle remarque que les stewards ont mis de jolis tabliers à volants par-dessus leurs uniformes, c'est ridicule. Tout est normal. Elle regarde de nouveau par le hublot, elle croit apercevoir un éclat de lumière qui s'allume et s'éteint régulièrement au sommet d'un des crocs. Ce sont des signaux, c'est une balise, un phare, et ces crocs acérés sont des montagnes, ces creux si profonds sont des vallées. Mais oui, bien sûr, ils survolent une chaîne de montagnes, c'est la Cordillère des Andes ! Elle cherche le magazine de la compagnie aérienne où se trouve une carte du Chili... Voilà, ils sont là, tout près de l'Aconcagua dont l'altitude est indiquée entre parenthèses : 6 959 mètres. Il n'y a pas de mur au Chili, tu parles !

Soudain l'avion plonge, chute, et c'est Santiago tout de suite. La grande ville est là, au pied même de la colossale muraille...

... Lula se redresse, se penche vers le feu. Ça se passait quand ? Elle calcule : en 1988. Pinochet n'a pas été plébiscité, il a échoué, mais il a gardé le pouvoir jusqu'en 1990...

À peine sortie de l'avion, sur un mur de l'aéroport, elle lit une grande inscription en lettres baveuses, faites à la va-vite, elle traduit : « Pinochet enculé. » Sur le mur là-bas, si loin, à Berlin Est, il n'y avait rien d'inscrit, ce n'était pas possible, absolument pas possible, il était blanc. Elle comprend qu'elle a vraiment changé de dictature.

En faisant la queue pour récupérer son sac, elle pense au blanc, au blanc des murs, au blanc de ses pages de papier. Elle frissonne. Elle pense qu'en Chine le blanc est la couleur du deuil. Elle pense à l'étude des planches de Rorschach où l'interprétation des blancs indique un penchant au mensonge, à la dissimulation. Dans le taxi qui la mène à son hôtel elle regarde de tous ses yeux les rues de Santiago, les gens, les magasins, la misère. À Berlin on ne voyait pas tout ça. Elle parle avec le chauffeur. Il faut qu'elle comprenne, elle doit envoyer un papier ce soir...

Elle se souvient, il lui était venu un malaise, une nausée, une vague de dégoût et de compassion pour les peuples qu'elle voyait partout menés et malmenés, se laissant faire, souffrant, aimant la souffrance peut-être. Mais, du plus profond de l'humiliation montent la sournoiserie, la révolte, et parmi ceux qu'on croyait soumis, écrasés à jamais, certains se lèvent, marchent, trouvent la force d'aller jusqu'à un lieu dangereux où ils risquent la mort, pour écouter de la musique qui se joue de l'autre côté d'un mur, d'autres trempent des balais de chiottes dans un seau de goudron et inscrivent sur le mur blanc le nom de l'oppresseur.

Lula était fatiguée. Trouverait-elle, tout à l'heure, les mots pour dire la beauté de la révolte ? Aurait-elle le courage de les écrire ? Elle s'était mise à pleurer. Une fois dans sa chambre d'hôtel, elle s'était écroulée dans un sommeil épais, plein de drapeaux noirs…

La sonnerie du téléphone, une fois, deux fois, trois fois, quatre fois… C'est le journal ! Elle n'a rien écrit… Lula bondit. Elle est debout devant son feu, en Provence. Elle se précipite, décroche, elle entend « Ailô ». Lula rit.

— C'est toi ma Charlotte, ma fille, ma belle !… Tu viens de trouver mon message, quelle chance… Mais non il n'est pas tard…

La conversation va durer une demi-heure, trente-deux minutes exactement.

Elle ne parle pas beaucoup, elle écoute surtout, et encore même pas, elle entend. Elle entend la voix de sa fille. Une demi-heure à entendre une voix qui brasse en elle, à gros remous, sa vie la plus privée, une voix qui pénètre dans les recoins d'elle-même où elle n'ose pas aller et provoque là un vacarme. Son cœur cogne comme un fou.

Plus Lula entend sa fille, plus elle se tient droite. L'émotion la fait se raidir, elle est debout, presque au garde-à-vous. Charlotte l'intimide, elle la trouve parfaite : belle, intelligente, généreuse, drôle, équilibrée. Lula est toujours en porte à faux avec sa fille, elle craint de n'être pas raisonnable, alors elle joue le rôle de la mère et elle le joue mal. Charlotte n'est pas dupe, elle aime sa mère comme ça. Lula le sait. Elles ne sortent pas de cette gêne tendre, de cette retenue.

Quelque chose dans la voix de Charlotte trouble Lula. Elle voudrait la caresser, l'embrasser, et aussi que Charlotte la berce, la prenne dans ses bras, que les rôles s'inversent. Ou peut-être voudrait-elle que Charlotte soit Charles, ils ont la même voix. Mais cette pensée incestueuse, Lula ne l'a jamais laissée venir à la surface de sa conscience. Depuis l'époque où elle portait Charlotte dans son ventre, l'époque où Charles s'est marié, elle a refusé d'avoir de l'amour pour Charles. Quand la petite fille est née elle lui a donné le nom de son père et elle n'a plus tenu compte de lui. C'est à ce prix-là qu'elle a pu continuer à travailler, qu'elle a organisé sa vie et celle de son enfant. Elle a tiré un trait sur la passion amoureuse. Elle n'a plus eu de passion que pour son métier. Lula est orgueilleuse, elle n'admettra probablement plus jamais qu'elle puisse avoir de la passion pour Charles, seulement de l'attirance, de l'amitié, de la tendresse, rien de violent.

Elle entend Charlotte qui parle, qui est gaie. Elle entend des sons graves, feutrés, comme des galets qui roulent dans le fond de l'eau, des sons creux, humides, et d'autres plus aigus, mais cassés, secrets, comme de la neige gelée qui craque et qui croque sous les semelles. Dans la voix de Charlotte, comme dans celle de son père, il n'y a rien de précis, de net, de coupant, tout est ambigu, en demi-teinte, voluptueux… Lula frissonne, c'est que le feu est tombé, la demi-heure est passée.

Encore deux minutes pour se dire au revoir, pour s'embrasser.

— À bientôt ma chérie.

Lula raccroche.

Le lendemain, elle appelle Charles, lui raconte sa longue conversation avec Charlotte, et lui apprend qu'elle part la rejoindre au Caire la semaine prochaine. Charlotte y accompagne son mari qui doit faire une communication sur la nutrition au cours d'un congrès organisé par les Nations unies. Ils prolongeront leur séjour d'une dizaine de jours afin de visiter l'Égypte qu'ils ne connaissent pas. Sachant le goût de Lula pour l'Égypte, Charlotte a invité sa mère à venir les rejoindre.

Lula très excitée :

— Ta fille a été une merveille, comme d'habitude. Tellement gentille, et tellement drôle, et tellement intelligente. Elle mène une vie passionnante. Tu sais que Duncan fait partie d'une équipe genre « Médecins sans frontières » australienne. Alors, en ce moment ils en voient de toutes les couleurs. Elle m'en a raconté, crois-moi. Enfin, nous parlerons de tout ça jeudi.

» Tu sais, Charles, pendant que je parlais avec Charlotte, j'ai eu une drôle d'impression. Je ne sais pas comment définir ce que j'ai ressenti… Impression que je ne connais pas ma fille. Non, ce n'est pas ça… Impression que je ne sais pas de quelle nature est ma relation avec elle…

— Tu es sa mère…

— C'est vite dit. Il y a des milliards de mères. Tu ne vas tout de même pas simplifier le problème comme ça, tomber dans le stéréotype…

— C'est exactement ce que je voulais dire. C'est toi qui te cantonnes dans le stéréotype avec Charlotte. Je t'ai toujours vue agir et parler avec elle comme une mère exemplaire doit le faire.

Lula se tait un instant, puis :

— Écoute, jeudi, au lieu des nomades, si nous parlions de Charlotte ?

À quoi Charles répond avec une brutalité inhabituelle :

— Ta proposition ne m'enchante pas.

Il s'arrête, comme pour se reprendre et, sur un ton léger, il continue :

— Figure-toi qu'hier, en sortant d'Avignon, je suis passé devant un panneau routier de signalisation, une flèche émaillée flambant neuve, où j'ai lu : « Gens du voyage ». Depuis, je pense à ça ; les gens du voyage c'est plus rassurant que les nomades, c'est normalement et poétiquement plus consommable. Quel besoin hypocrite de récupérer la marge, de nier le désordre, de…

Le voilà parti sur le Grand Schisme d'Occident justement, les déviations, les ruptures, les dissidents, l'indiscipline… Lula ne l'écoute plus. À un moment elle l'arrête :

— Bon, quand tu es parti comme ça, inutile de te contrarier. C'est entendu, on ne change pas de sujet. Jeudi on ira aux Saintes-Maries et on parlera des nomades.

Elle sait très bien qu'elle, elle parlera de Charlotte.

Charles repose le téléphone, puis il se dirige vers la fenêtre où il reste longtemps à regarder le crépuscule qui s'installe sur les remparts, le Rhône, une péniche chargée de sable qui descend lentement vers le sud.

Il pense à Charlotte. Il pense à la période où il a vraiment fait connaissance avec elle, où elle est devenue pour lui cette personne précieuse, unique, cette femme… sa fille ?

Charles vivait aux États-Unis depuis deux ans.

Il était chargé de cours à Harvard et dirigeait, en collaboration avec un chercheur hollandais, un séminaire d'histoire comparée à l'université Columbia de New York.

Il avait deux maisons, l'une à Cambridge, un pavillon coquet au milieu des arbres, confortable, parfaitement inutile, qui lui coûtait les yeux de la tête, l'autre en plein cœur de Manhattan, entre la Sixième et la Septième Avenue, un minuscule trois-pièces que lui prêtait un collègue américain parti en mission culturelle au Cambodge pour une période de temps indéterminée.

Il aimait ce partage entre deux résidences. Le calme provincial de la petite ville universitaire du Massachusetts contrebalançait l'effervescence lourde, parfois dangereuse, toujours excitante de New York.

L'Amérique du début des années 70 le passionnait. Il y avait l'immense remue-ménage d'une société (c'est du moins ce qu'il croyait à l'époque) secouée dans ses bases par la lutte des Noirs, la guerre du Vietnam, le mouvement hippy, la musique pop, la drogue, les théories de Chomsky, son voisin de Cambridge qui enseignait au MIT, la libération sexuelle, le Bread and Puppett, le performing Garage, Merce Cunningham, Trisha Brown, etc. Tout lui semblait neuf, adolescent, justifiable, nécessaire. Il voulait toucher à tout, tout voir, manger de tout. Les journées n'étaient pas assez longues, et les nuits étaient trop courtes. À l'aube de sa quarantaine il se jetait à corps perdu dans cette vie multiple qui le tiraillait dans tous les sens.

C'est en juin 1973 qu'il reçoit un coup de téléphone de Lula. Elle lui annonce que Charlotte vient de passer brillamment son baccalauréat en sciences.

— Ah bon, c'est magnifique !

Tout en disant ça il pense : « Tiens je l'avais oubliée celle-là » et il fait le calcul : elle va avoir dix-huit ans ou elle vient d'avoir dix-huit ans, c'est fou.

— Dis donc, elle n'a pas perdu de temps.

Alors, Lula le submerge de détails sur Charlotte, ses succès scolaires, sa taille, ses cheveux, ses performances en natation, ses premières amours, ses difficultés d'adolescente, son désir d'échapper au conformisme français qui, après 68, est revenu en force, le besoin qu'elle a de découvrir le monde…

— Avec la mère qu'elle a c'est naturel…

— Tu comprends bien que je ne peux pas l'emmener

en reportage. Et pourquoi ne dis-tu pas : avec le père qu'elle a…

Bref, à la fin de cette longue conversation téléphonique Charles sait que Charlotte débarquera à New York en août. Elle participera à une session d'études bilingues qui durera trois mois, organisée par un certain « Comité des amitiés Monde-Amérique » dont il n'avait jamais entendu parler. Tout est prévu pour son hébergement mais « il faudrait que tu t'en occupes un peu ».

Le « il faudrait » l'avait un peu agacé, mais il s'était laissé déborder par la fougue de Lula, son sens de l'organisation, le souci qu'elle avait de donner à sa fille tous les moyens possibles de s'épanouir et de trouver sa voie. Lula, quant à elle, partait en août pour un long reportage en Asie. La guerre du Vietnam allait peut-être s'achever à la suite des négociations de Paris et on l'envoyait tâter le pouls des pays directement concernés par le conflit : Cambodge, Laos, Thaïlande, Malaisie, Chine, Indonésie, Birmanie, Hong-Kong. Elle pensait rentrer en Europe par les États-Unis et serait probablement à New York en novembre.

— Bon, très bien, je m'en occuperai.

— Ça n'a pas l'air de te faire plaisir.

— Quand cesseras-tu d'interpréter le ton de ma voix, Lula ? Je te dis que c'est d'accord.

En fait, Lula ne se trompait pas. L'irruption de Charlotte dans l'organisation, ou, plutôt, la désorganisation de sa vie le dérangeait. Il ne pouvait pas entretenir avec elle le genre de relation qu'il avait l'habitude d'entretenir avec d'autres personnes, avec Charlotte c'était sérieux. Charlotte était sa fille. Mais qu'est-ce que cela voulait dire ? Elle portait ses gènes ? Et alors ? Il ne peut pas s'empêcher de penser à trois amies qu'il avait eues à différentes époques de sa vie qui s'étaient fait avorter. Bon, eh bien, Charlotte, elle, était vivante et elle était l'enfant de Lula. Jusqu'à l'âge de huit ans elle n'avait été que l'enfant de Lula. Ensuite, il l'avait vue à plusieurs reprises mais jamais, il doit le reconnaître, il n'avait senti vibrer la fameuse fibre paternelle, la voix du sang qui triomphe dans les mélos et les romans sentimentaux. Il avait d'abord connu une enfant aimable, assez jolie, cabotine, puis une fillette mélancolique qui faisait des cauchemars et ne voulait pas dormir sans une lumière allumée dans sa chambre. La dernière fois qu'il l'avait vue, c'était à Dakar, elle devait avoir treize ou quatorze ans et elle était insupportable, une peste intelligente, capricieuse, encombrante, mal embouchée, qui ne cachait pas son animosité à son égard. L'enfer quoi.

Maintenant elle a dix-huit ans. Dix-huit ans, une femme ! Est-ce qu'elle ressemble à Lula au même âge ? Est-ce qu'elle ressemble à une de ces étudiantes américaines qu'il côtoie chaque jour ? Finalement plus le jour de l'arrivée de Charlotte approche, plus sa curiosité croît. Il ne se sent pas du tout le père de Charlotte, mais devenir le mentor de la fille de Lula dans les dédales de la vie new-yorkaise ne lui déplaît pas, il croit même pouvoir y trouver un certain plaisir.

La veille de l'arrivée de Charlotte il dit à une amie de Cambridge :

— Tu ne sais pas ce qui m'arrive demain ? Ma fille. Et il s'aperçoit que c'est la première fois qu'il appelle Charlotte « ma fille ».

Quand Charlotte débarque à l'aéroport, Charles est séduit tout de suite, totalement. C'est elle qui l'a vu la première. Lui, il hésitait, il se demandait si c'était bien elle, s'il n'allait pas se payer le ridicule de se jeter au cou d'une étrangère. Elle se campe devant lui et :

— Hello father.

— Comme tu es belle.

C'est tout ce qu'il a su lui dire.

— Eh bien, tant mieux.

Elle a éclaté de rire et, tout naturellement, comme si ça allait de soi, elle lui a donné son chariot à pousser.

Charles est ébloui.

Les premiers jours de Charlotte à New York sont idylliques. C'est les vacances, Charles est libre de son temps. Charlotte est arrivée un mardi et sa session ne commence que le lundi suivant. Ils sont libres.

Le soir même de l'arrivée de Charlotte ils baguenaudent dans Greenwich Village, assistent à un concert improvisé au Washington Square, voient la dernière création du Ridiculous Theatre où trois sirènes complètement nues se masturbent allégrement au rythme d'une musique tonitruante, mangent des steaks dans un « Hungry Joe » à la façade ornée de drapeaux médiévaux. L'intérieur du restaurant est chaleureux, doux, feutré, inondé par les *Ballades* de Chopin que joue une grande blonde en costume campagnard, la tête ornée de guirlandes. À un moment la pianiste abandonne son piano et s'invite à leur table : « J'espère que je ne vous dérange pas. J'aime parler aux amoureux. » Charles ne la détrompe pas et traduit la conversation ensuite, pour Charlotte, bien inutilement car elle comprend parfaitement, mais elle se tait, elle le laisse se mettre en frais, elle trouve son père charmant. Vers minuit ils gagnent à pied une sorte de garage, à Soho, dans Wooster Street. Là, un groupe de barbus échevelés est en pleine action, ils improvisent une danse entrecoupée de lectures de journaux, les dernières nouvelles du Vietnam, tandis que deux femmes noires en combinaison de débardeur projettent sur les murs des giclées de peinture verte, noire et rouge. Dans un coin de la scène, un couple mange des hot dogs avec du ketchup et boit du Coca Cola. Le spectacle, qui dure douze heures, s'intitule « Vietnamese nights ». Dans la salle il y a de vieux matelas par terre, des tapis troués, et des caisses de bière vides, en guise de sièges. Au bout d'un moment Charles demande à Charlotte :

— Qu'est-ce que tu en penses ?

— Je crois que je suis un peu fatiguée.

Il a oublié le décalage horaire. Ils prennent un taxi pour rentrer.

Les jours suivants sont menés au même train. Ils rentrent la nuit, épuisés. Charlotte dort dans l'unique chambre, Charles sur un divan dans le corridor. Elle est totalement impudique, le matin elle entre et sort de sa douche, se brosse les cheveux, prépare son petit déjeuner sans avoir l'idée de se vêtir. Tout en essayant de se draper pudiquement une serviette autour des reins il pense : c'est un bon point pour Lula, elle n'en a pas fait une bégueule.

La nudité de Charlotte l'enchantait. Sans jamais la détailler, il jouissait de sa beauté, de l'intimité rayonnante de sa beauté. À la maison il ne la touchait pas, mais dès qu'ils étaient dehors il la tenait par la taille, ils marchaient souvent main dans la main. Il avait liquidé tout ce qu'il avait comme « affaires » à New York. Il ne voulait s'occuper que de Charlotte.

Il l'aime. Il n'a jamais connu ce genre d'amour. Il en est tout étonné. Qu'est-ce que ça signifie aimer quand on exclut d'emblée le sexe et ses ruses ? Il n'a pas envie de faire l'amour alors qu'il vit avec la femme la plus désirable de la ville. C'est étrange et incompréhensible. Mais comme il veut profiter du temps qui passe, il envoie balader ces questions embarrassantes en riant : « Ça, c'est encore un coup de Lula. » Et tous les matins, alors que Charlotte dort encore, il part chercher des croissants dans une pâtisserie française qui est à l'autre bout de la ville.

Le dimanche soir ils décident de passer une soirée calme. Charles emmène Charlotte dîner chez Franchi, un restaurant dont il connaît le patron. Une fois installés, il se penche vers Charlotte :

— Tu sais, Franchi, il fait partie de la maffia.

— Bien sûr, dit Charlotte avec des yeux moqueurs.

Ce n'est pas la première fois qu'elle lui lance des

vannes de ce genre. Il ne sait pas s'il en est ravi ou vexé. À chaque fois il résout le problème en pensant : « Lula l'a bien mal élevée, ou, Lula l'a vraiment bien élevée », c'est selon.

Charlotte :

— Tu m'aideras à déménager ?

— Comment ça ?

— Eh bien, demain je déménage. La session commence et mon hébergement est prévu au centre universitaire.

— Tu sais que tu peux rester chez moi.

— Oui, mais il vaut mieux que je sois avec mes camarades.

— Bien sûr.

Charles encaisse le coup. Il écoute Charlotte et plus elle parle plus il est secrètement blessé : pendant ces quelques jours où il s'est tout entier donné à elle, où il a l'impression de ne l'avoir jamais quittée, il apprend que, sans l'avoir tenu au courant, elle a réglé un tas d'affaires, elle a fait des démarches administratives à l'université Columbia, elle a rencontré les deux moniteurs de la session, elle a réservé sa chambre au centre universitaire, elle a reçu des tickets restaurant pour la cafétéria… Quand a-t-elle fait tout ça ? Quand il allait chercher les croissants ? Il est atterré.

— Il fallait avoir un répondant en ville. J'ai donné ton nom et ton adresse.

— Tu as bien fait. C'est parfait, tu es vraiment formidable.

Elle lui tend sa main au-dessus des spaghettis fumants. Il la baise.

Il lui propose, pour son premier week-end, de l'accompagner à Long Island et de passer la journée au bord de l'eau. Elle accepte.

Mais le vendredi matin elle l'appelle tout excitée :

— Tu sais, c'est la Fête du travail, on n'a pas cours avant mercredi. Il y a des copains qui m'emmènent en

Virginie, c'est épatant, je te raconterai tout ça. Salut mon petit papa chéri, je t'embrasse.

Et voilà, Charles reste un moment interloqué, l'écouteur à la main. Puis il se ressaisit, appelle sa copine Lydia et prend rendez-vous avec elle pour le lendemain.

À partir de ce moment la vie de Charlotte s'est éloignée de celle de Charles. Elle lui téléphonait de temps en temps. Ils mangeaient quelquefois ensemble, le soir d'abord, puis à la pause de midi.

À la fin de septembre, Charles reprend ses cours à Cambridge. Il y passe trois jours par semaine. Le mercredi soir il rentre à New York. Il a du mal à entrer en contact avec Charlotte, la résidence où elle loge ne prend que les messages. Il doit attendre qu'elle le rappelle. Durant toute une semaine du mois d'octobre il la bombarde d'appels auxquels elle ne répond pas. À la fin, n'y tenant plus, il fait la chose honteuse, ce qu'il considérera longtemps comme une chose honteuse, il cède à une jalousie primaire, médiocre et incontrôlable : il va se poster à midi à la sortie de l'établissement de la rue La Fayette où il sait qu'elle suit ses cours. Il se cache dans un escalier, épie, et la voit sortir accompagnée d'un grand garçon rouquin et de deux filles en jeans déchirés. Un groupe joyeux d'étudiants banals comme il en voit tous les jours. Et puis soudain, Charlotte quitte ses camarades et se précipite dans les bras d'un petit noiraud en bottes de cuir. Les copains commentent en riant des retrouvailles qui ne les étonnent pas. Tous les cinq se dirigent ensuite vers un restaurant de la Troisième Avenue. Charles les suit à une vingtaine de mètres. Il se gorge méchamment, douloureusement, des attentions de Charlotte pour le noiraud (une gueule d'Iranien ou de Libanais !). Et comment le noiraud laisse errer sa main des épaules aux hanches de Charlotte et des hanches aux fesses. Comment elle le tire par le bras pour le placer face à elle et l'embrasser au milieu des passants. Le regard stupide du métèque quand il se dégage pour rejoindre les autres. Charles rentre chez lui en pestant.

Le soir Charlotte l'appelle, enfin, pour lui dire que tout va bien, qu'elle adore New York, que les jours passent trop vite.

— Déjà six semaines que je suis ici, je n'arrive pas à le croire.

— Et tes camarades ?

— Ils sont tous vachement sympa.

— D'où viennent-ils ?

— De partout. De l'Australie, de Suède, de Californie… c'est formidable.

— Tu sors un peu ? Tu vois des choses ?

— Plein !

— Qu'est-ce que tu as vu comme spectacle ?

— Comme spectacle ? Oh, tu sais, on discute beaucoup, on écoute de la musique surtout, on va dans des boîtes de jazz. Et je parle anglais, c'est pour ça que je suis ici, non ?

Il y a un soupçon d'agressivité dans sa voix, comme si elle sentait que Charles voulait la contrôler. Il n'insiste pas.

Sa jalousie n'est pas satisfaite. Le lendemain il reprend le guet dans l'escalier. Le petit noiraud égyptien est là lui aussi. Il attend Charlotte ouvertement, planté tout droit face à la porte de verre de l'école. Elle arrive, comme toujours flanquée du grand rouquin, des deux filles aux jeans en lambeaux, et cette fois-ci d'un inconnu, un gringalet à lunettes vêtu d'un manteau afghan. Même cinéma avec le noiraud. L'amour à heure fixe, quoi. Cette fois-ci, ils se dirigent vers Broadway et… ah non, ce n'est pas possible, ils entrent dans le « Hungry Joe » où il avait amené Charlotte le soir de son arrivée. C'est elle qui a dû les entraîner là. Ah, ça, c'est fort ! Il n'ose pas se dire que c'est un sacrilège, mais quand même… Il doit faire quelque chose, il passe et repasse devant les fenêtres ouvertes du restaurant, espérant que Charlotte le voie et l'invite. Peine perdue. Il va acheter un journal et se décide à entrer… Il joue les étonnés quand Charlotte l'appelle. Les présentations se font. Il ne retient que deux noms : Duncan le grand rouquin, et Bryan le Turc botté. Il s'assied, boit une bière. Il est mal à l'aise, il se sent drôle. Il gagne les toilettes. À son retour il fait une plaisanterie sur les effets diurétiques de la bière. Ils sourient tous poliment. Quelle bande de petits cons !

Le 1er novembre, Charles est à Cambridge. C'est le soir. Il reçoit un appel téléphonique bouleversé de Charlotte. Elle pleure, elle n'en peut plus, elle veut rentrer en France, ça va mal, elle ne sait pas ce qu'elle doit faire, elle ne peut pas lui expliquer comme ça, au téléphone, elle veut qu'il vienne.

— Va à mon appartement, j'arrive le plus vite possible.

Il est quatre heures du matin quand il arrive chez lui à New York. Charlotte l'attend. Il ne la reconnaît pas, elle est hagarde, à moitié soûle. Elle lui tombe dans les bras en sanglotant. Le malheur lui tord la bouche, elle est laide, elle gémit, elle est épuisée. Elle titube. Il la couche dans le lit, la dorlote. Elle s'apaise. Elle arrive à lui dire :

— Je me suis fait voler tous mes papiers, tout mon argent, toutes mes notes de cours…

— Bon, bon, bon là ! Calme-toi, ça va s'arranger. J'ai des copains au consulat, on va t'arranger ça. C'est pas si grave.

— Dad, daddy…

Charles n'en revient pas, elle l'appelle daddy, elle n'est vraiment pas bien, c'est un appel au secours.

— Charles !

Il la prend dans ses bras, elle pleure à gros bouillons, tousse, s'étouffe.

— Charles ! Je suis enceinte.

Il sent une grosse boule de trouble qui monte de son ventre à ses yeux. Ils pleurent tous les deux, blottis l'un contre l'autre. « Ma petite fille, ma pauvre petite fille »… Ils s'endorment exténués, au petit matin.

Charles a tout réglé rapidement. Son amie Lydia leur a indiqué un médecin du Centre Social du Village. Huit jours plus tard l'opération était faite, dans les meilleures conditions. Charlotte est restée quelque temps chez son père, pour se remettre. Il l'a soignée comme un bébé, la comblant d'attentions, de cadeaux, de surprises diverses, de livres marrants, même des bandes dessinées dont il a horreur.

Un jour, en rentrant, Charles tombe sur un jeune homme, c'est le grand rouquin, Duncan, qu'il avait rencontré au restaurant. Il est en train de prendre congé. Il salue Charles poliment, puis prend Charlotte par les épaules et l'embrasse sur les deux joues.

Dès qu'il a tourné les talons, Charles ne peut s'empêcher de demander :

— Est-ce que c'est lui ?

Charlotte le regarde avec un sourire ironique, un peu supérieur.

— Que tu es bête. Décidément, tu es vraiment un adolescent attardé, comme dirait Lula.

— Qu'est-ce que ça veut dire ?

— Tu ne sais pas faire la différence. Aimer et baiser, c'est pas la même chose.

Il ne sait pas ce qu'elle veut dire, il est choqué, il ne peut que lancer avec une sorte d'indignation :

— Je t'en prie…

— Il s'appelle Duncan. C'est un beau nom. Il est australien. Il vient de finir sa médecine. Il a fait le stage ici avant de partir pour la Californie où il est engagé pour deux ans dans un laboratoire de Stanford. C'est un type formidable, et, en plus, il est amoureux de moi.

Charles va pour dire : « Et toi ? », mais il ne le dit pas.

Il a toujours son manteau sur le dos. Il reste un moment, comme ça, les bras ballants, puis :

— Charlotte… Tout ça… l'avortement, ça n'existe pas. Tu m'entends, ça n'existe pas.

Elle est surprise. Elle regarde son père. Il la regarde aussi. Elle comprend qu'il veut la protéger, qu'elle doit tourner cette page. Elle l'aime. Elle dit en riant :

— O.K. darling.

— Regarde ce que j'ai rapporté. Une bouteille de médoc.

Ils boivent le vin en parlant de choses et d'autres : les accords de Paris vont mettre fin à la guerre du Vietnam, le nouveau passeport de Charlotte est prêt, Lula, finalement, ne passera pas par New York, elle rentre à Paris par Ankara, Charles ira les rejoindre, toutes les deux, en Provence, pour les fêtes de fin d'année.

Il ne fait pas beau le jour où Lula et Charles doivent se rendre aux Saintes-Maries-de-la-Mer pour parler des nomades.

Lula rejoint Charles à Avignon, ils font ensuite le trajet ensemble dans la voiture de Charles, sans parler ou presque. Charles, qui conduit mal, est très attentif à la route. Quant à Lula, elle veut parler de Charlotte et elle sent que ce n'est pas le moment. Elle est donc prête à toutes les concessions. D'abord elle accepte volontiers de monter dans la voiture de Charles et, chemin faisant, elle évite de souligner ses fautes de conduite qui, pourtant, l'exaspèrent et la terrorisent. Elle est très gentille, fume cigarette sur cigarette, et émet, de temps en temps, des commentaires sur le paysage.

Arrivés aux Saintes-Maries, Charles décide qu'ils feront, immédiatement, une promenade sur la plage. « Ça nous mettra en appétit », déclare-t-il allégrement. Lula qui déteste le côté boy-scout de Charles ne dit rien. Ils se déchaussent et s'en vont. Elle regarde ses pieds nus s'enfoncer dans le sable qu'elle trouve glacial. Elle ne peut s'empêcher de rire :

— Tu ne crois pas que nous allons attraper froid ?

— Mais non.

Ça commence mal.

Tout de même, elle attaque. Elle lui prend tendrement la main et cherche une phrase agréable, pour l'appâter :

— Si tu savais comme je me réjouis d'aller rejoindre Charlotte en Égypte. Je bous d'impatience.

— Je te comprends, si je n'avais pas à finir ma communication rapidement, je me joindrais volontiers à vous. J'apprécie beaucoup Duncan. Et, en ce moment, avec « l'humanitaire », il est servi…

— Tu le connais mieux que moi. Tu le connais depuis New York… Elle m'a toujours dit que tu t'étais démené comme un diable pour régler ses histoires de passeport, à l'époque.

— Oui, je me suis un peu occupé d'elle à ce moment-là.

— Un passeport, ce n'est tout de même pas la mer à boire. Qu'est-ce qu'il y avait de si compliqué ?

— Je ne me rappelle plus, de la paperasse probablement. C'est loin tout ça…

Elle n'en tirera rien de plus, elle le sait. Quand Charles devient évasif, lointain, c'est qu'il tait quelque chose et qu'il ne parlera pas.

— Pourquoi ne veux-tu pas que nous parlions de Charlotte ? Nous n'avons plus parlé ensemble de notre fille depuis Dakar. Tu te souviens ?

— Tu parles, si je me souviens, c'était infernal.

— Tu exagères.

Charles lâche la main de Lula, s'avance vers le sable humide, se penche, saisit un galet et essaie de faire des ricochets. L'eau est plombée, comme le ciel qu'elle reflète. Il rumine, on dirait un vieux chien teigneux :

— C'était quand même la première fois que nous nous retrouvions, toi et moi, tous les deux, tout seuls, loin du monde. Elle s'est débrouillée pour tout foutre en l'air.

— Elle avait treize ans.

— Je n'ai jamais compris pourquoi tu l'avais fait venir.

— Oh, écoute, on ne va pas recommencer. Tu sais très bien comment ça s'est passé.

— Ça aurait pu se passer autrement. C'est toi qui as voulu absolument me flanquer ta fille dans les jambes.

— La même discussion, la même incompréhension, les mêmes reproches qu'il y a vingt-cinq ans. Ta hargne intacte, tu es prêt à mordre. Est-ce que ta mémoire est idiote ?

— Elle a tout fait pour mettre la pagaille, pour nous séparer. Elle ne supportait pas de te voir dans mon lit. Un enfer !

Il y a vingt-cinq ans Charles était en poste à Dakar, conseiller culturel à l'ambassade de France. Lula terminait une série sur les premiers effets de la décolonisation en Afrique noire. Sept articles qui devaient la hisser au statut de grand reporter international. Après des semaines de voyage, elle avait accepté l'invitation de Charles de venir le rejoindre. Elle s'était installée chez lui et ils avaient vécu là une dizaine de jours merveilleux. « Comme mari et femme », disaient-ils en riant. Ils avaient été d'ailleurs sur le bord de se demander mutuellement en mariage.

Et puis était arrivée la lettre de Charlotte. Elle avait attrapé la grippe, son amie Lucie lui avait joué un tour de cochon, le professeur de français l'avait humiliée devant la classe entière, tous ses camarades allaient partir aux sports d'hiver et elle, elle allait passer ses vacances de Noël chez ses grands-parents. Lula en avait conclu que sa fille était malheureuse. Elle lui avait immédiatement envoyé un billet d'avion, et le 23 décembre Charlotte débarquait à Dakar.

— Je n'aurais pas pu être heureuse sachant que ma fille ne l'était pas.

— Le mélo habituel.

— Je ne suis pas comme toi.

— Tu as l'art de te punir du plaisir que tu prends.

— C'était notre fille, tout de même.

— Tu sais, à l'époque…

— Et maintenant ?

— Quoi maintenant ?

— Qu'est-ce que tu éprouves pour elle ?

— Pas grand-chose.

— Ce n'est pas possible ! Tu es un homme impossible. Tu es menteur, cynique, cruel, sec…

Elle a envie de hurler, elle détourne brusquement la tête. Charles trouve qu'il a été trop loin. Alors :

— Que veux-tu ? Elle est loin. Elle n'a plus rien à faire avec moi. Oui, c'est vrai, j'aimerais la voir plus souvent. Je prends beaucoup de plaisir à être avec elle et j'adore lui écrire. Chaque fois que je le fais, je m'enferme, je coupe le téléphone et je lui envoie des lettres volumineuses… Étrangement, je suis mieux avec Charlotte quand tu n'es pas là. Je m'entends parfaitement avec elle.

— Vous vous ressemblez comme deux gouttes d'eau.

— Je n'aime pas beaucoup te parler d'elle. Il y a entre elle et moi une intimité qui ne peut pas se partager.

Les rafales d'un vent coupant donnent la chair de poule à la mer maintenant. Charles voudrait détendre l'atmosphère, il dit :

— Le vent va chasser les nuages, il va faire beau. On pourra peut-être se baigner tout à l'heure.

— Tu es complètement fou, je suis transie jusqu'à la moelle.

— Dans ce cas-là, rentrons. On va trouver un bistrot.

— Je croyais que tu m'invitais aux Baux-de-Provence. C'est ce que tu avais dit jeudi dernier.

— Je n'ai plus l'humeur à ça. Nous allons prendre un thé, par là, au bord de la mer. Allons nous réchauffer. Ce n'est pas normal un temps pareil au mois de mai.

Ils ne choisissent pas, ils entrent dans le premier établissement venu. Un restaurant à l'enseigne « Les vagues ». Il n'y a personne, ça sent le moisi. La grande salle vitrée est pleine de tables et de chaises vides. Ils s'installent dans un angle. À travers une baie ils voient la mer, à travers l'autre ils voient la plage, en enfilade. Une femme arrive, elle est enceinte, elle porte de grosses chaussettes de laine qui gonflent ses espadrilles à les faire craquer. Elle se frotte les mains :

— Fait pas chaud. Qu'est-ce que ce sera pour ces messieurs dames ?

— Du thé. Vous avez du thé ?

— Deux thés, oui. Lait, citron ?

— Citron, s'il vous plaît.

— Et avec ça ?

— Qu'est-ce que vous avez ?

— Pas grand-chose aujourd'hui. On a du pain frais qui vient d'arriver. Saucisson, fromage…

— Des tartines beurrées, ça ira.

Charles demande à Lula :

— Tu veux quelque chose d'autre ?

— Non, des tartines beurrées, c'est très bien.

Elle regarde la salle. Aux murs des lambeaux de filets drapés maladroitement, et des étoiles de mer en stuc. Au plafond quatre gireliers doivent servir d'abat-jour. Dans le fond, derrière le comptoir du bar, trois étagères de bouteilles alignées barrent un grand miroir. Il reflète le vide de la salle et la lumière triste qui passe à travers les vitres poissées d'embruns.

Lula fait face à la plage. Le vent s'est levé, la mer moutonne et le sable par instants s'élève en volutes et fouette les herbes rares qui poussent au pied du restaurant.

Les plages de la Méditerranée sont pour toujours dans le cœur et la tête de Lula comme les comptines de son enfance… Elle se souvient, une fois à Tel Aviv, il faisait si beau. Le matin, à l'hôtel, elle avait mis son maillot de bain sous son jean et son tee-shirt, se disant que, si elle en avait le temps, elle se baignerait. Dans l'après-midi, alors qu'elle longeait les grandes plages du nord de la ville, elle n'a pas pu résister, elle a garé sa voiture n'importe comment et elle est descendue sur le sable. Elle s'est installée près d'un couple qui s'embrassait et a couru à l'eau qui était délicieuse, chaude, salée, verte. Elle a nagé. Puis elle est revenue. Le couple alors s'est levé et, à son tour, est allé se baigner. Lula les a détaillés. Elle les a trouvés beaux, gais. En se retournant vers le sable, pour faire sécher ses cheveux, au milieu des serviettes et des vêtements des jeunes gens, elle a vu un fusil mitrailleur, brun, luisant, magnifique…

Charles, lui, fait face à la fenêtre qui donne sur la mer.

Il s'est mis à pleuvoir.

Il pense que tous les bars de bord de mer du monde se ressemblent sous la pluie. La pluie lave leurs différences. Qu'ils soient riches ou pauvres, la même atmosphère de refuge inadéquat. Partout les mêmes regards tournés vers les vitres. Pour regarder où ? Dehors ou dedans ? Au-delà des vitres ou à l'intérieur de soi ? Partout, la pluie battant la mer fait surgir une tristesse sans douleur…

La mélancolie ne dure jamais longtemps avec Charles. Un souvenir la bouscule et le fait sourire.

C'était dans le nord du Pérou, près de Tumbes, sur la côte du Pacifique, en 1983, lors des grandes inondations dans cette région habituellement la plus sèche du pays. Il se souvient du nom du bar : « El Tiburón », le requin. Même décoration qu'ici, pauvre et poussiéreuse. Chaque soir, vers six heures, la pluie se mettait à tomber. Il buvait de la bière locale. Dans son espagnol de fantaisie, il avait entamé une conversation avec trois clients. Tous les quatre parlaient tout en regardant la pluie qui, peu à peu, grossissait jusqu'à se transformer en cataracte, noyant la rue. L'eau, à un moment, avait franchi le seuil du bar et l'envahissait. Cela n'inquiétait personne ; il n'y avait qu'à lever les pieds, les poser sur le barreau de sa chaise tout en continuant à parler. Puis, l'eau montant, il avait fait comme ses trois compagnons : il s'était assis sur le dossier de sa chaise. Pour finir, ils avaient mis les chaises sur les tables. Ça avait l'air d'être une habitude, presque un rituel qui ne dérangeait personne. Tout en écoutant les autres, il s'était retourné et, par la fenêtre de la salle arrière, il avait vu l'océan qui, à quinze mètres de là, se déchaînait. Du côté de la rue un mur d'eau, vertical, du côté de la mer, une barre horizontale de vagues en folie : le Pacifique !

Malgré son nom, il n'a jamais ressenti un sentiment de paix au bord de cet océan, même sur les plages à touristes du Mexique, du Costa Rica ou de l'Équateur. Au contraire : une violence solide venue de très loin, l'affirmation d'une incompatibilité essentielle, comme si, d'une seule vague toute droite, depuis l'Alaska jusqu'au Cap Horn, l'océan venait battre la côte Ouest des Amériques.

Il aime le Pacifique qui semble ne pas avoir de limite, sa propre imagination s'y perd. Il pense que Lula, elle, préfère la Méditerranée, ses distances civilisées et ses journées sans marées. Il s'arrête là : elle la Méditerranée, moi le Pacifique, est-ce l'une des marques de notre différence ? Il faudrait lui proposer ce thème pour un de nos prochains entretiens.

Ils se taisent, ils regardent la pluie qui fait gicler le sable. Le thé arrive, avec les tartines beurrées, ça va faire du bien.

Soudain, Charles se met à parler à voix basse, comme pour une confidence :

— Charlotte m'a appris beaucoup de choses sur moi-même.

Elle, en entendant le nom de sa fille, se met à faire des dessins sur la nappe de papier, du bout de son couteau. Charles sait que, de la part de Lula, c'est le signe d'une extrême attention.

— Elle m'a appris que je pouvais être amoureux. À New York, je l'aimais. Ça voulait dire une attention à chacun de ses mots, de ses gestes, de ses silences, de ses soupirs, le sentiment quasi douloureux de son absence lorsqu'elle n'était pas là ou qu'elle arrivait en retard à nos rendez-vous, les bouffées de verve heureuse qu'elle me communiquait quand elle me questionnait sur ma vie, toi, mon travail, ma famille, mes aventures, mes progrès. Elle me rendait intelligent… Et puis aussi l'émerveillement devant l'impétuosité de ses connaissances fraîchement acquises. Quoi, cette petite fille avec laquelle je me forçais à jouer six, huit, ou dix ans auparavant, la voilà qui me parlait de Claude Bernard, de Poincaré, de la physique quantique, des frères de Broglie, de Chandrasekhar. Elle m'apprenait des choses. J'étais à son école, c'était merveilleux.

» Tu sais, je crois que j'ai été parfois un amant passable, mais jamais un très bon amoureux. Le désir, enfin… le sexe, si tu veux, me joue toujours des tours, je sais mal lui résister. Mais lorsque je n'ai pas (ou plus) de désir sexuel, pour aimer j'ai besoin d'admirer, d'apprendre, d'être à côté — ou en face — d'une personne en marche qui fait, projette, décide, s'engage, entreprend, indépendamment de moi. Ce genre de personne-là ne se rencontre pas souvent. L'indépendance de Charlotte, même si elle me faisait mal par moments, me subjuguait profondément. J'ai été amoureux d'elle parce que je l'admirais. Et c'est à cause de cette admiration que je me suis senti fondre de tendresse quand elle a eu besoin de moi.

Charles ne parle plus. Lula sent qu'en s'y prenant doucement, elle pourrait peut-être en savoir plus sur ce qui s'est passé entre eux à New York. Mais, comme Charles l'a dit, tout à l'heure, sur la plage, il y a entre Charlotte et lui une intimité qui ne se partage pas. Elle n'y touchera pas.

Elle pose sa main sur le poignet de Charles et du pouce elle caresse un peu sa peau. Il a la peau très douce. Puis :

— De quoi parlerons-nous la prochaine fois ?

— Et les nomades ?

— Laisse tomber les nomades, Charles, nous allons encore nous disputer.

— Bon, j'avais pourtant préparé un exposé, je crois assez brillant…

Il éclate de rire, il se moque de Lula. Lula rit de bon cœur, elle aussi se moque de lui :

Tu n'es pas un nomade, Charles, tu es un infidèle.

— Parle pour toi.

Ils repartent à rire en pensant à tous les mauvais tours qu'ils se sont joués. Puis, mi-rieuse mi-sérieuse, elle demande :

— La prochaine fois, si nous parlions de la mort ?

— Alors, là, s'il y a un sujet qui ne m'inspire pas c'est bien la mort. Ma mort ne m'inquiète pas et il n'y a que cette mort-là qui m'intéresse. Écoute, ma Lula, je suis certain, absolument certain, de mourir avant toi et je sais que tu vas t'occuper parfaitement de tout. Je serai enterré dans les meilleures conditions. Je vois ça d'ici comme si j'y étais : mes fils seront convoqués, Charlotte aussi, les petits-enfants bien sûr, tout ce que je peux avoir comme famille, amis et collègues à travers le monde sera averti que j'ai passé l'arme à gauche… À propos, je veux que ça se passe chez toi, en Provence.

Il a dit la dernière phrase pour faire plaisir à Lula. Il ajoute :

— Après moi le déluge.

Pendant tout ce temps elle n'a cessé de rire, elle en a les larmes aux yeux.

— D'ailleurs, la prochaine fois, ce sera après mon voyage en Égypte.

— C'est vrai. À propos, je n'ai pas très bien compris ce que tu m'as dit au téléphone l'autre jour.

— À quel propos ?

— À propos de l'aîné de Charlotte.

— John. Eh bien, elle voudrait le faire inscrire à Aix-en-Provence.

— Pour quoi faire ?

— Pour ses études. Il veut faire des Lettres. Il est complètement bilingue.

— Mais quel âge a-t-il ?

— Dix-huit ans.

Charles est songeur. Enfin il dit :

— Je ne serai peut-être plus là quand tu reviendras… La prochaine fois, nous en aurons des choses à nous dire.

— Plein.

A son retour d'Égypte, Lula trouve une lettre de Charles dans son courrier. Elle l'ouvre tout de suite.

Jeudi 3 juin.

Lula Bella,

Nous avons tout faux. Je m'explique : nous avons oublié que le jeudi n'est plus un jour de congé pour les écoliers. Maintenant c'est le mercredi. Donc, nos entretiens comptent pour du beurre.

Il ne nous reste plus qu'à trouver une série de mercredis où nous serions à la fois libres et ensemble. Avec d'autres thèmes, évidemment. Je te propose :

La photographie.

De l'utilité des parasites.

Une langue maternelle.

L'arithmétique du sexe.

La tête et les bras de la Vénus de Milo.

… un bouquet d'ancolies…

Qu'ils se tuent tous et qu'on n'en parle plus.

Être sourd.

Hélène de Sparte ou la fidélité.

L'esthétique de la dérision.

Choses gratuites, choses dues.

Mues et mutations.

Les juifs.

Douze images du bonheur.

Pourquoi planter des arbres, pour qui ?

Le plaisir aujourd'hui.

Le suspense.

L'intègre. Le sauvage. L'éphémère et le permanent.

Les mythes de la forêt.

Le grand voyage.

L'univers. Le temps qui passe, etc. etc.

Choisis ou trouves-en d'autres : Charles propose et Lula dispose.

Appelle-moi dès que tu rentres. Comment va ma fille ? Comment va mon gendre ? Il me tarde d'apprendre comment tu comptes organiser ton couple avec mon petit-fils John. Je vais enfin pouvoir découvrir ce que tu fais de ta vie privée... À propos, comment va l'Égypte ?

Je suis à Paris. Avignon, sans toi, n'avait plus aucun attrait.

Je te baise querida Lula.

Charles.

Pendant tout le temps qu'elle lisait, Lula souriait. Une fois la lecture terminée, son visage a pris une expression indifférente, presque distante.

Elle s'est levée, elle a ouvert sa maison, rangé ses affaires. C'est seulement quand elle a voulu se déshabiller, pour entrer dans le bain qu'elle avait fait couler, qu'elle s'est aperçue qu'elle tenait toujours la lettre de Charles dans sa main gauche. Elle est allée la déposer dans sa chambre.

Elle l'appellera plus tard, demain probablement.

DU MÊME AUTEUR :

Aux Éditions Julliard

ÉCOUTEZ LA MER, 1962.
LA MULE DE CORBILLARD, 1964.
LA SOURICIÈRE, 1966.
CET ÉTÉ-LÀ, 1967.

Aux Éditions Grasset

LA CLÉ SUR LA PORTE, 1972.
LES MOTS POUR LE DIRE, 1975.
AUTREMENT DIT, 1977.
UNE VIE POUR DEUX, 1979.
AU PAYS DE MES RACINES,
suivi de AU PAYS DE MOUSSIA, 1980.
LE PASSÉ EMPIÉTÉ, 1983.
LA MÉDÉE D'EURIPIDE (théâtre), 1986.
LES GRANDS DÉSORDRES, 1987.
COMME SI DE RIEN N'ÉTAIT, 1990.

Aux Éditions Belfond

LES PIEDS-NOIRS, 1988.

Composition réalisée par INTERLIGNE

IMPRIMÉ EN FRANCE PAR BRODARD ET TAUPIN
Usine de La Flèche (Sarthe).
LIBRAIRIE GÉNÉRALE FRANÇAISE - 43, quai de Grenelle - 75015 Paris.
ISBN : 2 - 253 -13817 - 7 31/3817/9